短长集

贺复铭◎著

DUAN CHANG JI

“千古胜负在于理，一时胜负在于力”，斯言旨在轩理轻力，益民励志服善；本篇以君力臣理为意，助人去惑识道。

九州出版社
JIUZHOUPRESS

图书在版编目（CIP）数据

短长集 / 贺复铭著. -- 北京 : 九州出版社,
2014.3
ISBN 978-7-5108-2723-5

Ⅰ. ①短… Ⅱ. ①贺… Ⅲ. ①诗集－中国－当代②读后感－作品集－中国－当代 Ⅳ. ①I217.2

中国版本图书馆CIP数据核字(2014)第037512号

短长集

作　　者	贺复铭 著
出版发行	九州出版社
出 版 人	黄宪华
地　　址	北京市西城区阜外大街甲35号（100037）
发行电话	(010) 68992190/3/5/6
网　　址	www.jiuzhoupress.com
电子信箱	jiuzhou@jiuzhoupress.com
印　　刷	北京华忠兴业印刷有限公司
开　　本	880毫米×1230毫米　32开
印　　张	7
字　　数	175千字
版　　次	2014年6月第1版
印　　次	2014年6月第1次印刷
书　　号	ISBN 978-7-5108-2723-5
定　　价	26.00 元

自序

笔者将书稿起名为《短长集》，“短长”者，古语云“尺有所短，寸有所长”，而取其“尺短寸长”之意也。关于“尺短寸长”之说，颇益于世用：其一，此说可让探求者增加一点自信，而《短长集》的得名隐约透露拙作或有千虑一得之长处；其二，此说利于方家关注集思广益、取长补短，以达成积众智广识从而为诸如国民根性等“重大论题”求得稳妥而益世的结论。本书可谓系江湖渔樵者捧出的一盘小红果，而这份不起眼的蔬果宜分为三辑，曰：心田俚歌，气息人生，覃思迂论。

心田俚歌为内心之歌。为将诗作分成三块，姑且率然命曰：上篇（沉思之歌）、中篇（类儿歌）、下篇（心性之歌）。小诗虽乏辞彩，命意尚可。有爱憎，有思索；颂廉洁，斥污秽；一无金玉良言，稍有劝善之音。不善赞颂，由衷讴歌爱国勤业之士的奉献精神；忧心世风，着实厌恶贪婪枉法之徒的无耻殃民。不揣浅陋，愿以一得之见求教于明慧之君。诸如：《力颂》言“力者道之体，理兮力之光”，虽与“千古胜负在于理”相左，祈留意者一思。《途》的要义，在于强调指出：国之四维这一古训对于兴国安邦的不可或缺，而“廉与耻尤为重要”，这样的卓见更是至理正言，警世之音。

《跨越悲辛归宁静》为悼念早逝的姐姐之作。离去者少年耳，记事者当初仅八岁，因而记忆与所叙写的大事小情自是寥寥无多。佛祖曰："人生只在呼吸间。"（佛祖问弟子："人生究竟有多长？"弟子回答五十年，四十年，三十年。佛祖说都不对。弟子问道：那么人生究竟有多长？佛祖曰："人生只在呼吸间"。）细民曰：人活一口气。佛祖与众生都云"生命的存活是因为有一口气在"，故生命或人生跟气息是合二而一的。生命气息之持续时间或长或短，随缘而化。吾姐之气息人生是短暂的，而其瞬息即逝的气息人生仍然有其闪亮而过的光焰在。

《短长集》刊印的议论文字，想必难逃"迂论"之讥，但这些篇章曾经笔者深思而成篇，因此甚盼方家加以评判而决弃留。为此笔者借少许版面，对《鲁迅改革国民性思想新探》等篇，再作若干说明。

《鲁迅"北人南相"说底蕴探析》与《鲁迅改革国民性思想新探》两文，是对鲁迅"北人南相"说以及国民性问题所作的一次较为理性的尝试性解析。（关于这两篇文字，似乎略有新意，希望这不是敝帚自珍。）鲁迅于深谙人性奥义之暮年，将相书上一条旧说——即"北人南相，南人北相者贵"注入新意而极力主张"北人南相"说，这绝对值得我辈深思。笔者甚盼有识者指教，故将自以为是的管见反复说明：对这么一种"北人南相"说，鲁迅是如何认识的呢？回答是：他不但郑重首肯，而且极力主张。既然鲁迅那么肯定"北人南相"之说，而且极愿民众通其意晓其义以从中得益受惠，我们理应对这一重大认识与期盼，备加关注。

于是，笔者有两点认识：第一，鲁迅“北人南相”说蕴含着两项精义：一是模糊思维，另一是除丑取美；（笔者在前一篇《鲁迅“北人南相”说底蕴探析》中论述：“北人南相”说蕴含着两项精义——模糊思维与品格互补，继而在后一篇《鲁迅改革国民性思想新探》中又将那个“品格互补”修正为除丑取美。因而除丑取美与模糊思维，是鲁迅“北人南相”说所固有的两项精义。）第二，鲁迅主张“北人南相”说还意味着：鲁迅在论述国民性问题时，关于模糊思维与除丑取美这样的思维理念，他是了然于心的。因而，认可“北人南相”之说，即认可“北人南相”说所固有的模糊思维与除丑取美，对解读国民性问题有着重要意义。

《学习<讲话>，肩负起文艺战士的光荣任务》，是响应当时称作“清理精神污染”之形势而写就的一篇东西。此篇作为听号令文字，文题略显空泛；而内容重在“借诗说理”，因而所言或有可取之处。诸如此文在解读歌德佳作《要素》一诗时，笔者从诗中提炼、概括出“热爱、憎恨、鼓动、完美”之诗作四要素，就是诗人歌德关于一首好诗所应具备的诸要素之正确主张。歌德对诗歌的这一精辟认识，对人们的诗歌创作与诗作赏析极富教益。

《歌德诗四首讲析》与《<秋声赋>的新颖主题之厚重价值》本是两篇讲稿，既是讲稿定是采纳、融汇了别家之长，因而特作说明，以示不敢掠人之美。至于将讲稿编入拙作以备存阅，是因为这两篇东西确实有一些值得重视的思想内容，而笔者私心亦有所偏好。

另外，笔者曾参与经济类古文教材的选注，其鲁褒《钱神论》

一篇关于货币的朴素辩证法思想，于今仍不乏启迪意义，故将该篇的两条注释作为《附录》载于书后。

目 录

附录一：歌德诗四首 /195

附录二关于《钱神论》的两条注释 /209

心田俚歌

力颂

（1981）

或曰："千古胜负在于理，一时胜负在于力"，斯言旨在轩理轻力，益民励志服善；本篇以君力臣理为意，助人去惑识道。

在人类日渐生长的漫漫长途，
众生嗜利凌弱天性改易无多；
堪怜民人多难犹信侯王解悬，
当识高张崇力自救庶几正路。

强者高踞云端，占尽人间风光，
弱者跌落深渊，尘世苦辛遍尝；
强弱缘何？力寡则弱力多乃强，
称雄图强，全凭聚积实力较量。

汲汲名利徒，志得意满奏凯歌，
般般求索士，身心交瘁多坎坷；
耕织乏衣食，拥势握权气吞象，

改换旧天地，须待新民孕伟力。

史载：官说官道理，匪说匪道理，
各说自家理，强势胜出上云天；
为寇为逆，汉明先祖出身卑微，
乘风云骤起，尚武用贤成帝业。

真言：力者道之体，理兮力之光。
谓予不信，试看跃动不息宇宙：
天体相吸相斥，尘埃凝聚飘游，
这一切的搏动之源非力而何？

油田大风雨有感

（1982）

莽原狂风起，

坦途亦征程；

雹雨自天落，

如闻金石声。

飘风肆旷野，

疾步云中腾；

淫雨成泽国，

涉水豪气增。

归来享宁静，

感佩采油人；

油田会战频，

将士齐用命。

玉门奔大庆，

凯旋即南征；

转战千万里，

报国以忠贞。

万众战生地，
井架耸云层；
钻机轰鸣处，
油流竞涌喷。
窝棚憩壮士，
拼搏建油城；
寒暑风霜雨，
创业献终生。
会战降油龙，
油矿连国运：
霸主争雄时，
足油邦国稳；
华夏图发展，
乌可乏油能！
拼命建油田，
壮哉石油人；
倾心作奉献，
伟哉石油人。

真理与需要

（1982）

有时，我们会热诚讲真理，
转瞬，又急切地讲需要。
讲真理：往往限于理论，
讲需要：多为配合政治。

理性与实用，孰轻孰重？
或许，需要也是真理，
君不见，“凡现实皆合理！”

而人类的文明之光严正昭示：
前进有赖真理，如同鱼水不可分离。
诚该截断：需要与权力联姻。

诗后附言：学且思无疑是庶民观世的一道亮光，读史必能助人出暗入明。智者对于如潮涌动势不可挡的情势唯有“随而守道”。道在信史，在人心，在本真；而不在唯心的鼓噪，不在喧闹的表象，不在贪婪的欲求。故随时势而坚守正道是化解“真理与需要”矛盾的一剂妙方。

经历

（1995）

早岁沪甬壮出关，
暮年气衰居滨海。
性悦理论期求索，
时重实用明理难。
服膺真善趋迂阔，
惑于教条悟道晚。
人寰竭智求富贵，
逐利何如祈平安。

天柱

（1995）

四化大业头绪繁，
足食容易知方难。
不佞勤思得浅识，
祈君留意秉笔谈。
经济腾飞万象新，
楼高物阜信义矮。[1]
崇法直须刑罚当，[2]
正气上扬邪风衰。
重德尤应润素质，
民勇且仁教化开。
擎天三柱“经、法、德”，
亘古及今系国运：
偏重缺失非所宜，
并举不偏治平来。

1. 信义矮：喻市场经济引发人们贪欲逐利而丢弃信义。
2. 刑罚当：此谓凡当刑罚者，皆不使逍遥法外，并且加刑得当，施罚无误。

命运

（1995）

梁柱朽蚀屋倾斜，
飘风一袭封门槛。
水乡惜别存遗憾，
南市陋室栖身来。

九龄赴申隔兄妹，
姐逝玉碎最无奈。
慈母健在难相聚，
晦气入门人离散。

结缘庠序五十载，
求知教学系心怀。
传道授业尽职守，
细数学子成良才。

人世何尝有定命，

命运可逆其特性。

抗争凶命须自强，

诸事顺达恶运隐。

真人与奴才

（2002）

电视剧《康熙王朝》之康熙帝直言：“皇帝的权力比正确与错误更重要。”其语启予而有是篇，姑名《真人与奴才》。

仆隶无行：唯主上旨意是从，

临“王权高于真善”怀惠以认同。

志士敢为：体大道力辟新途，

执“真理、自由至上”舍身尽忠勇。

——或昂首服善，或俯身服权，

真人与奴才之分何须论轻重！

聚会两首

（2002）

一

改革开放国运昌，
雷静风止民安康。
时光忽忽人易老，
金秋聚首鬓如霜。

二

丽娃河畔金风爽，
聚首畅谈笑声朗。
神州今时重建设，
文明升华国富强。

途

（2002）

人之初，性未定；

或向善，或趋恶。

德不修，邪始生；

行不义，殃多民。

贪且婪[1]，胜凶兽；

祸家国，恶满盈。

今之世，法为尊；

严刑罚，慑奸佞。

向未来，宏德教；

尚仁义，道畅行。

崇贤能，国运盛；

重科教，风俗新。

古有训，国四维；

治平经，宜聆听。

四维废，社稷危；

1. 爱财叫“贪”，爱食叫“婪”。

四维立，邦国兴。

廉与耻，尤重要[1]；

哲人思，警世音。

清廉士，学养厚；

去私欲，赤金心。

寡廉者，为何人？

鲜耻辈，与兽近。

天宇间，善恶俱；

众生乐，痛未尽。

清浊激，人魔争；

地之极，有文明。

1. 明末清初的启蒙思想家直言：国之四维礼义廉耻四者，廉耻尤为重要；极言无廉耻之害："盖不廉则无所不取，不耻则无所不为"，"士大夫无耻，是谓国耻"。

闻人歌

（2002）

读报，有写家称："闻人非精英"，善哉斯言。由是当思：官本位久久浸染世风，其实可悲。

闻人赵郎，弄权有方。
一手遮天，好不风光。

上谄下骄，作伪行谎。
俨然虎豹，鼠猴乔装。

北飞南翔，所谋稻粱。
巧取豪夺，何等张狂。

静夜月朗，化入春梦。
盛筵畅饮，心花怒放。

星转斗移，唯天雄强。
韶光易逝，蚁人何傍？

花开花落，难驱惆怅。

世事代谢，不胜凄惘。

如意歌

（2008）

忧患常有，烦难时生，
养怡知道，吉祥造访。
幸运眷顾，感恩以报，
困厄袭来，仁勇抵挡。
百斤重担，诚宜均挑，
分合得当，负重清爽。
人事沧桑，何须惶惶，
静心养气，永享安康。
往昔付出，丰厚不薄，
何生偏见，不合怨谤。
春秋代序，万类生长，
人情如纸，傲者健忘。
百味人生，憾事盈筐，
气定神闲，消融冰霜。
常想一二，不思八九，
通达平和，如意可望。

惜时

（2011）

日落西山明月升，
昼夜更替如转轮；
三万旦暮不淹留，
胸怀使命惜时辰。

天人一己吟

（2012）

世事剖分三类尽[1]，
敬天识人慰性灵；
天人各司自身事，
凡夫熟诵一己经。

1. 或曰：世上只有三种事，曰：老天爷所管事，别人所管事，自己所管事。此说可思可取。

铭感

（2012）

世事极纷繁，
和谐培植难。
众生重得失，
悲喜起波澜；
兆民论是非，
依据利与害。
善善以恶恶，
嫉恶勿如仇；
白白而黑黑，
判定岂终极？
人世多变数，
正误或转换；
文明尚理性，
平和满人寰。

三公吟

（2013）

有学者断言：公平、公开、公正三者，公正可行，其余二公难行。其言堪称至理。信耶！疑耶！

天下至境在三公，
公平公开岂可行？
屈就人间唯公正，
行一藏二亦文明。

《蝜蝂传》忆读

（2013）

人性善恶古今同，
柳公曾传蝜蝂虫[1]；
贪婪之徒甚作为，
早入子厚佳作中。

因 果

（2013）

天地有正气，
人间善恶分；
致富无害仁，
地狱不启门。

1. 唐柳宗元作《蝜蝂传》，述一种小虫蝜蝂生性贪婪而负重往高处爬着，因负重太过，就不断跌落下来，而后接二连三仍不断往上爬。

“文革”吟：某公掠影

（2013）

“文革”伊始极荣光，
“永远健康”入云霄[1]。
左右逢源凭借力，
权势熏天人性亡。
数尽政变归一径[2]，
恃枪夺权悄然忙。
倒行逆施天神怒，
坠地恶魔畏阎王。

1.有一段时间，人们一日数次集体高诵：“敬祝毛主席万寿无疆，祝林副主席永远健康！”

2.此句谓某公曾打着防止政变的幌子作内部报告，归纳、总结历代政变的酝酿、经过与结局，其实包藏祸心。

“文革”吟：四人帮

（2013）

十年“文革”迎霞光，
一举粉碎四人帮。
如狼似虎彼四恶，
权势熏天人性亡。
尊法批儒是非乱，
野心贯注夺权忙。
恶贯满盈全民嗔，
囚入牢狱难猖狂。

魂

（2013）

学童重负万家忧，
教辅试卷耗春秋。
应试积弊为害深，
素质为本教育魂。

弊

（2013）

学童重负万家忧，
教辅试卷耗春秋。
后学无奈耕题海，
乖角顺势淘灰金[1]。
谁云教学难创新，
家长签字成风流。
孺子少年须尊重，
好罚弃教几时休？
高分为优实偏颇，
爱心缺失孕毒瘤。
师长施教能因材，
后生个个堪造就。

1. 灰金，今有灰色收入一语，灰金隐含此意，为灰暗之金。

品格

（2007）

莫愁金银少，
品格最重要；
自强人恒助，
勤用手和脑。

养成好习惯

（2008）

养成好习惯，长大有出息。
改掉坏习惯，进步快起来。
爱劳动，勤学习，会听话，不畏难，
好品格，最宝贵，良好品格造英才。

本领大起来

（2008）

学习宜从容，专心可成材。
先学一点点，再学一点点；
边学边练习，轻松长能耐。
天天学新知，脑瓜灵起来；
努力三五载，本领大起来。

困难是个啥

（2008）

困难是个啥？变脸变模样。
你若害怕他，凶恶如豺狼。
勇敢去面对，可爱如绵羊。

专注

（2010）

学习诚有道，
专注忒重要；
一心勿二用，
养成宜趁早。

两极

（2010）

天上星星亮晶晶，
人间知识广无垠；
多知无道恶之端，
博识守道善之本。

成 长

（2011）

世情变幻贤愚俱，
蒙骗诚信难分辨；
多个心眼不受骗，
成长不易靠磨炼。

心眼歌

（2011）

心眼一词义甚好，
“识见”“聪明”俱囊括[1]。
培植心眼须及早，
成长路途少烦恼。
心眼用在学习上，
品学兼优懂礼貌。
心眼用在生活上，
身健体壮心气豪。

1. 心眼有古今两义：古义谓识见与目力，今义为聪明机智；拙诗主兼取两义，是词始有新意。

光亮

（2011）

人生有涯知无涯，
惜时勤学须自强；
无知寡识多迷途，
智者心田有光亮。

好习惯

（2011）

养成好习惯，
成长路平坦。
讲课专心听，
去惑心智开；
认真做习题，
动脑会转弯；
多思且细心，
繁复变简单；
时光飞驰去，
行动讲赶快。
识兹时践行，
成功可期盼。

方 法

（2013）

算学不辞演题难，
方法得当进步快。
公式定义记得牢，
轻松解题绽笑颜。
应用之题变化繁，
尤须勤练长能耐：
审题周全多动脑，
抓住要点凭慧眼；
已知数字妥当用，
运算细心答案来。

科技吟

（2014）

科技堪称双刃剑，
生利容易制害难。
宝马飞驰天涯近，
尾气薄云成雾霾。
亿兆信息视频来，
目不暇接大脑懒。
网上游戏喜中忧，
阳光少年勿贪玩。

异乡偶吟

（1963）

一鸿海上来，
旋飞平顶山[1]。
喧豗闹市情，
宁静小城景；
江南春光好，
北国秋气爽。
昨夜梦返乡，
今晨迎朝霞；
放眼望神州，
艳阳照八方。

1. 平顶山位于辽宁本溪市内，其东麓地势开阔，冶金部本溪钢院坐落于兹。

游大伙房水库

（1974）

浩渺碧波托兰天，
山行云飞船向前。
和风习习扑面来，
共舟漫游战友贤。
天高气爽鸟飞迴，
水清浪细鱼跃起。
移山造湖利泽多，
不啻浇灌万顷田。

对立

（1983）

当局为本，

诸事俱文[1]。

天下为本，

履薄临深。

1. 此处之“文”，释为掩饰或演戏。鲁迅《反“漫谈”》一文，对旧官僚旧习气，作了深刻的批判，余读其文而遽生是感。

校庆感言

（1993）

教育千秋业，
桃林众手栽；
浇灌以时节，
嘉果“展室”灿[1]。
因材育新秀，
创新肯登攀；
施教极严细，
何惮学历滥？
殷殷导师情，
学子忽成材；
都云增才易，
应知进德难。
经济展巨翅，
物欲滚滚来；

1. 展室，校庆二十周年，学校为总结表彰教学工作，特辟专室以展示办学业绩是为“展室”。

何不新风尚，

众庶多期盼。

重赏出巧匠，

尊贤德扬帆；

宏德贵廉洁，

正气满人寰。

大腹猴

（1993）

神州自古多英杰，
而今满街大腹猴；
鹰雕纹身痞子魂，
鲸吞鼠窃胜盗寇。

灵 台

（1993）

赤县金城晴夜星，
环攻不破鲜有闻。
男儿灵台胜雄关，
从来豪酋难践临。

跳蚤歌

（1993）

陈年腐鼠坠一方，
蚤儿闻讯喜欲狂。
餐肉吮血品佳肴，
傲然自封才俊郎。
斯虫技艺无足道，
一蹦尺余呕哑唱。
秋风起兮好悲伤，
遁入裈中续旧梦。

赞芒儿诛恶

（1994）

读《白鹿原》芒儿诛恶，知芒儿犹武松，斯人亦复仇之神也。

侠盗语复仇，
理直情更真。
惩恶快我心，
无奈乱象生。

浴与濯

（2002）

浴金乌于旷野，
鉴昨日兮惜今；
濯双足以银盆，
念其漫步疾行。

武夷吟

（2007）

武夷奇秀遐迩闻，
擎天更有神女峰。
远眺近俯鉴“天游”，
移步换景造化工。
碧空白云去悠悠，
清溪漂流偏从容。
玉龙飞升幽谷在，
旅人放歌晚霞中。

游戏吟

（2010）

万物依类聚，
兆民以群分；
尊卑贤愚族，
不乏行乐人。
晴秋宜结识，
投契发同声：
票友歌一曲，
欢乐现童真；
闲时设牌局，
舒心友情增。
万象俱两面，
斯理宜知闻。
聚众玩通宵。
焉能不伤神；
嬉戏如入魔，
难矣话摄生。

平衡

（2010）

尘世劳碌苦，
闲煞更磨人。
日夜筑方城，
悦心耗元神；
朝暮近醇酒，
脑门颇昏沉。
逸劳不偏废，
相辅始相成；
闲逸染恶习，
勤劳去救正。
劳逸宜有度，
平衡可益生。

惜今

（2011）

人生顺逆难料定，
不意垂暮得康宁；
岁月蹉跎阅世浅，
晚秋时节倍惜今。

恕

（2013）

2013年元月8日晨，听“全民健”医者讲宽恕，受益匪浅，听罢遽得感言数句，其题为《恕》以记之。

夺命因恼怒，
宽恕情志畅。
名利眼前花，
安生百年长。

俚曲新吟两首

（2013）

余早年在沪甬两地，曾听闻绝妙广告词与“致蛇词”；时光流逝，两者终成无声佚辞。今采录旧闻佚辞，增益词句，敷衍成篇，姑且称之为《俚曲新吟》。

一

人蛇相逢田间行，
村妇致词如歌吟：
其语曰：“蛇短人长，
花花剪刀剖肚肠。”

二

天生吴商好嗓门，
长巷乐闻吆喝声：
“香炒糯米热白果，
香是香来糯是糯。”

俚语悦读

（2013）

吾乡有俚语[1]，
细吟添情趣；
“清明戴杨柳，
下世有娘舅；
清明戴蛋壳，
下世有饭吃。”
越人信可爱，
赤诚祈来世：
足食去困穷，
安生亲情浓。

1. 此俚语流传于上世纪四十年代及此前之宁波等地。

气息人生

跨越悲辛归宁静

早已逝去的姐姐之往事，令我久久萦绕于心且隐痛犹在。那些往事在时间上分为两段：其一是从我四岁记事起在宁波共度岁月的那些时日，其二是离别两年又在上海短暂相聚即作永别不堪回首的日子。

我与姐住宁波乡下时，有四件事使我难以忘怀。

独自夜行。母亲生妹妹时，八龄之姐在夜晚独自提着灯笼去到外婆住所，找人来家接生。路程有四五里之遥，而其间还要爬山岗过荒坟，不知弱小的她有过害怕耶！

采摘野葱。有一年初夏，我与姐去外婆家，在途中她提议采摘些路边生长的野葱给外婆带去。向来腼腆的我以为此物轻微而无意为之，而她坚持采摘，过不多时她手中已握有一大把沁出芳香的野葱。到家时外婆迎出来，她就递上一小捆刚采摘的野葱，外婆高兴地连声称好。此事虽小，却表现出姐对于不起眼的细事能有所思而为之。

稻田捕鱼。一年深秋，天降大雨，小河遽然暴涨，横溢的河水冲越堤岸漫过田埂，倒灌进江南水田，而原本在河中自由游弋的鱼儿就随着四处奔流的河水闯进了周边已收割的稻田里去。稻田捕鱼或许是妇弱之辈不妨一试的利事，因而母亲让姐姐去试试运气。于是她就拿着一个无底的竹篮到稻田去罩捕错离深渊的游鱼。过不多时辰，她果然不辱使命，带回多尾活蹦乱跳的鲫鱼来——姐彼时应是九、十岁间。

镇定过河。我家门前有条小河，一个夏日，我与姐涉过小河到对岸玩，顺便摸些螺蛳。返回的时候，迅速涨水的小河，深处已没过我这个六龄男童的头顶，我顿生退缩之念，而姐挽住我的胳臂，镇静地踩实脚底河床小步往前走，我由姐护着很快潜过没顶深处回归此岸来。此番瞬间的有惊无险，诚赖姐姐遇事不慌的果断作为。

一九四六年春，我母亲为生计所迫，将四岁的妹妹托付给外婆，带我离开宁波到了上海。我时年八岁。别离故乡之时，正值我童心旺炽，不识人生艰难；嬉戏终日，全无愁忧。得知即将离去，余心茫茫然若有所失。住居上海多时后，仍屡梦乘海轮回乡，梦中欣喜无以叙写形容。

比我大四岁的姐姐，已于两年前（一九四四）即在她十岁时到了上海。她聪慧懂事，人常夸之，坚毅耐苦，殊可惊叹！与邻里相处，她时时礼让；家中缺衣少食，她每每亏己饲亲。有邻居帮忙，她进了一个香烟厂。作为一个十一岁少年进烟厂做工，起初她从双手撕碎烟叶做起，此后只有短短几个月，就被调去做卷烟丝出纸烟成品的工作，她这种尽心做事的良好秉性，似乎是与生俱来的。进厂做工后，她的饥寒之患始可无虑，而此前她所经历的苦日子，我殊难备述，难得一顿饱饭而操劳如常。天若有情，焉能令我姐姐薄命去世？我到上海后，不数月她即染病在床。然不过小伤寒之类病症，如能及时就医，本来是大可治愈的。可怜家人及好心而愚昧的邻居为姐姐叩头求佛，以香灰充灵药，至使姐姐饮恨去世。无钱延医，加之迷信偶像，葬送了姐姐年轻的生命。此血肉之明珠的化灭，使弟伤痛不已。呆思默想，不知天之有日。姐姐不幸夭折，这是无可弥补的遗恨。痛定思痛，无可如何。“兄弟含余悲，他人亦已歌；死去何所道，托体同山阿。”星移斗转，月落日升；江河奔流，潮涨潮退；春华秋实，暑去寒来。匆匆过往了十八个春秋，姐姐竟无一遗影留于人世，令弟欲探姐姐之面容而不可得。默默地苦痛地生活了十二个春秋，然后默默地死去，无踪无影。其后无人哀悼，无人怀念。人生之大不幸，莫过于此。现在尚能忆起姐姐的，愚弟而已！年轻而贤慧的姐姐，安息吧！倘若真有上帝高居云天，当令姐姐超升天界。安息吧！姐姐，你年轻而永恒。你身上充盈着稀世精神财宝而无人知晓，如同纯金埋藏地表深层。

一九六四年春

覃思迂论

鲁迅“北人南相”说底蕴探析

——旁及国民性问题点滴思考

鲁迅《北人与南人》是一篇值得探究、破译的力作。你看，他首先对相书上一条旧说“北人南相，南人北相者贵”加以肯定，进而将不无道理的“北人南相”说，注入新意并加以改造制作，从而断言“北人南相……南人北相……那就是做成有益的事业”；还断言北人南相，南人北相是国人的一种自新之路。——这些重大论断，鲁迅绝不是随意作出的。我们觉得，鲁迅借助颇不寻常的“北人南相”说，来含蓄地表述自己的某些思想观点，可能别有深意或苦心。

鲁迅“北人南相”说，不仅蕴蓄着两项内涵——品格互补与模糊思维，并且含蓄地道出了品格互补的价值，还含蓄地点出了运用模糊思维的目的。

先说品格互补及其价值。为认知鲁迅“北人南相”说所蕴蓄的品格互补，我们需要认真研读《北人与南人》中那一节绝妙文字：

“据我所见，北人的优点是厚重，南人的优点是机灵。但厚重之弊也愚，机灵之弊也狡……缺点可以改正，优点可以相师。相书上有一条说，北人南相，南人北相者贵。我看这并不是妄语。

北人南相者，是厚重而又机灵，南人北相者，不消说是机灵而又能厚重。昔人之所谓‘贵’………在现在，那就是做成有益的事业了。这是中国人的一种小小的自新之路。”[1]

需要交代一下：本文使用了关于鲁迅“北人南相”说这一提法，其实这一提法的内容涵义，就依存于上面节录的这段文字中。直截了当地说，所谓鲁迅“北人南相”说，指的就是这一段节录文字。而旧“北人南相”说，不过是相书上“北人南相，南人北相者贵”那一句话。

我们把被鲁迅注人新意并加以改造制作的“北人南相”说，称作鲁迅“北人南相”说。需要懂得：鲁迅这个新“北人南相”说，跟相书上那个旧“北人南相”说，两者是根本不同的。——鲁迅“北人南相”说，诚然是原先那个旧“北人南相”说推陈出新的结果。

在认知品格互补的时候，不仅需要精心研读鲁迅那一节文字，还要细细品味丹纳《艺术哲学》一书中有关人的性格的论述。——读懂丹纳的性格论，是认知品格互补的一项必不可少的准备。

法国文艺批评家丹纳写道：“人具备的性格显然是多多少少有益的，或者是有害的，或者是混杂的。智力与意志，是人的两种主要机能，一切意志与智力的特征能帮助人的行动与认识的，便是有益的，反之是有害的。有益的性格特征是我们应当努力获得的。不仅一切有关智力的部分，如明察、天才、智慧、理性、机智、聪明，并且一切有关意志的部分，如勇敢、独创、活跃、

1《花边文学·北人与南人》

坚强、镇静都是构成理想人物的片断。”[1]

丹纳将人具备的性格，划分为有益的性格特征与有害的性格特征。——本文后面的论述，将要采用他的这一划分。

我们看到，鲁迅在文中举出了厚重、机灵与愚、狡，作为北人、南人的优点与缺点，而按照丹纳所作的那种划分，这厚重、机灵与愚、狡则分别为北人、南人的有益的性格特征与有害的性格特征。并且，不难理解，有益的性格特征与有害的性格特征，又可称之为“积极品格”与“消极品格”。总之，为了尝试对鲁迅所阐述的品格互补，作出解释说明，我们将鲁迅列举的厚重、机灵，权且称之为有益的性格特征或积极品格，而将愚、狡权且称之为有害的性格特征或消极品格。

丹纳关于性格的论断，对我们认知鲁迅“北人南相”说所蕴蓄的品格互补，实在起着极好的作用。

丹纳指出：“应当努力获得有益的性格特征。”——这简短一语，对我们很有启迪。且看鲁迅的论述，先是总说一句：“优点可以相师”，——此语其实就是“有益的性格特征可相互师法以获得之”这样一种意思；他尔后阐述的则是有关获得这有益的性格特征的具体路径：“缺点可以改正，优点可以相师……北人南相者，是厚重而又机灵，南人北相者，是机灵而又能厚重。”——为认知这些高度浓缩的话语所表达的内容，我们把鲁迅这段原话，略作增益而改作成（注意：改作鲁迅原话而并不改变其原意）如

1 丹纳《艺术哲学》376页

下话语：北人南相者，就是：北人师法（汲取）南人之机灵又弃去自身之愚以铸成“厚重而机灵”的新品格；南人北相者，就是：南人师法（汲取）北人之厚重又弃去自身之狡以铸成“机灵而厚重”的新品格。需要交代一句，在论说中，由简入繁，再由繁入简，实在是对事理加以说明的需要。至此，我们再化繁就简：鲁迅用其凝练语句阐述的关于获得有益的性格特征（即积极品格）的具体路径或作法，也可用下面这样的语句加以表达：一类人群与另一类人群（如北人与南人）可相互师法对方有益的性格特征以塑造全新的良好的性格。换言之，各类人群（如北人与南人）自身实有的积极品格可互补互学以铸成全新的优良品格。——并且为了醒目，这一表达索性紧缩为一种短语：“性格相师”或“品格互补”。这就是说所谓性格相师，是：各类人群相互师法对方有益的性格特征而塑成新的良好性格；所谓品格互补是：各类人群其自身的积极品格可互补互学而铸成新的优良品格。

上文颇费笔墨而似繁实简的论说，主要诠释说明了一点，即：鲁迅赋予新意的“北人南相”，“南人北相”，其实就是品格互补或性格相师。（鲁迅有言：“北人南相者，是厚重而又机灵，南人北相者，不消是机灵而又能厚重。”——这说的就是品格互补。）并且不难理解，品格互补所带来的结果，必定是“加智厚德”。基于以上两点交代说明，鲁迅作出的这两个论断，在文字表达上可以作一点改换：鲁迅文中的前一个论断：北人南相，南人北相，就是做成有益的事业；后一个论断：北人南相，南人北相是国人的一种自新之路。——这两个论断，可以水到渠成地改换成如下两个论断：其一，品格互补有助于做成有益的事业；其二，品格互补能令国人加智厚德而自新，也即是：品格互补能令国人重塑新魂；最后强调一下，从鲁迅作出的两个论断，可以看出：品格互补的价值不为不厚重，——品格互补关系到“有益的事业”之成败，关系到国人精神品格的生长。

现在来说模糊思维。鲁迅“北人南相”说那一节文字，有这样几句述说：“北人的优点是厚重，南人的优点是机灵。但厚重之弊也愚，机灵之弊也狡。”这些述说即是“北人厚重而愚，南人机灵而狡。”——鲁迅对北人与南人作如是观。我们认为，鲁迅对同胞作这样的观察，是基于他的模糊思维。这就是说，鲁迅“北人南相”说蕴蓄着他的模糊思维。

关于模糊思维，有两个问题要加以说明，即是：模糊思维的基本特征和论者运用模糊思维的目的。

先说模糊思维的基本特征。

人们运用模糊思维，是很普遍的现象：

其一：鲁迅谓“北人厚重而愚，南人机灵而狡。”

其二：鲁迅说：“中国人无感染性，他国思潮，甚难移殖。”[1] 其三：鲁迅又说：“中国人但对于羊显凶兽相，而对于凶兽则显羊相，所以即使显着凶兽相，也还是卑怯的国民。”[2]

其四：李大钊曾说：“中国人有一种遗传性，就是应考的遗

1 《鲁迅全集·书信》，《致宋崇义》
2 《华盖集·忽然想到（七）》

传性。”[1]

其五：果戈里对着剧场里的万千观众说：“笑你们自己！”[2]

当今：模糊思维的运用，也屡见不鲜：

其六：“中国人干什么都容易一阵风。”[3]

其七：《中国青年报》上写道：难怪有人说“中国没有真正的男人”；对“中国没有真正的男人”之说，一些女同胞们说“深有同感”。[4]

以上是关于模糊思维的七个例证。模糊思维有何特征呢？其基本特征是：“全体”为虚，“部分”为实；将“部分”含混地说成“全体”。

鲁迅有两处文字，就是对模糊思维的这一特征作出的解说：

其一处，鲁迅写道：“我所指摘的中国古今人，乃是一部分，别有许多很好的古今人不在内，然而这么一说，我的杂感真成了最无聊的东西了。要面面顾到，是能够这样使自己变成无价值。”[5]

由此可见，鲁迅意识到笔下文字之矛头指向，关系重大，因而特地作出澄清：“我所指摘的中国古今人，是一部分。”

另一处，鲁迅作出郑重声明：自己笔下的“四亿人”这数目（即彼时的“全体中国人”）本是虚指——即是说，自己笔下所谓“全体中国人”，乃是虚指。不过上述这样一种意思，人们要从如下

1 《守常全集》
2 果戈里《钦差大臣》
3 《文化月刊》1993年第6期，赵一枫《钢琴忧思录》
4 转引自1993年5月27日《报刊文摘》
5 《华盖集·忽然想到（一），注（1）》

两则文字的对照中，去加以体会：

一则文字说："中国四亿个人生着一种病。那名称是马马虎虎（模模糊糊）。"[1]

而鲁迅又一则文字说："我们中国的许多人——我在此特别郑重声明：并不包括四万万同胞全部！——大抵患有一种十景病………"[2]

有了鲁迅上述两处说明，人们可以明白：论者运用模糊思维作出的论议，常常以"全体"之形式出现，这是有着论者主观方面的原因的。就是说，鲁迅（或其他论者），在论及国民性问题（或其他问题）时，出于立论过于平稳必定缺乏攻战力的考虑，因而为了醒悟（或警示）世人，往往将"部分"中国人含混地说成"全体"中国人（或将"部分"人们含混地说成"全体"人们。）

鲁迅这些"夫子自道"，极其重要，他向我们作了最为明白的解说："我指摘的中国人，是一部分"，所谓"全体中国人"，是虚指。

上述"夫子自道"，让我们把握到了模糊思维的基本特征：从"全体中国人"是虚指，以及"我指摘的中国人，是一部分"这些明白话，可以归纳出模糊思维的基本特征是："全体"为虚，"部分"为实；将"部分"含混地说成"全体"。——模糊思维的这一含义，是将鲁迅"夫子自道"加以归纳提炼的结果，而且合乎模糊思维的实际。

1 费德伦科等：《论鲁迅》，1953年版，泥土社

2《坟，再论雷峰塔的倒掉》

至此，还要说明一点：解读模糊思维与运用模糊思维，两者是不同的。

比如，关于“北人厚重而愚，南人机灵而狡”之论议，断断不是说北人个个都“厚重而愚”，（难道北人中就没有机灵而狡的？）也断断不是说南人个个都“机灵而狡”，（难道南人中就没有厚重而愚的？）述说北人厚重而愚，真正含义是指：于“厚重而愚”上，北人较南人多些，述说南人机灵而狡，真正含义是指：于“机灵而狡”上，南人较北人多些。总之，关于“北人厚重而愚，南人机灵而狡”之议，包含两层意思：一层意思是说，北人多“厚重而愚”者，南人多“机灵而狡”者；另一层意思是说，“部分”北人厚重而愚，“部分”南人机灵而狡。至于“中国人如何如何”一类论议，跟“北人厚重而愚，南人……”之论议在思维方式上是相同的：其语诚然是说“部分”中国人如何如何，而绝非述说“全体”中国人如何如何。上述这些解说，旨在强调一点：论者运用模糊思维以评人论物，不免把“部分”含混地说成“全体”（包括把“部分”中国人含混地说成“全体”中国人，以及把“部分”人们含混地说成“全体”人们）；而读者解读模糊思维以认知事理，就应把“全体”还原成“部分”（包括把“全体”中国人还原成“部分”中国人，以及把“全体”人们还原成“部分”人们。）——这是关于运用模糊思维与解读模糊思维的两种不同情形。

下面再说运用模糊思维的目的。论者运用模糊思维，一个目的是改善国民的品格，另一个目的是消除国民的消极现象。鲁迅“北人南相”说，有如下一段文字：“北人的优点是厚重，南人的优点是机灵。厚重之弊也愚，机灵之弊也狡。……缺点可以改正，优点可以相师。北人南相者……南人北相者……”这些朴素无华的文字，足以使人们懂得：鲁迅运用模糊思维的目的，是要改善北人与南人的品格。

上文说过：关于“北人如何，南人如何”之议，是模糊思维，而鲁迅运用这一模糊思维，述说了北人具备厚重这一优点，又存在愚这一缺点，南人则具备机灵这一优点，又存在狡这一缺点。——紧接着这论议国民优缺点之话语，鲁迅又以“缺点可以改正，优点可以相师”一语（此语看似平常，而其“相师优点”之主张实在有益而可行。）点出自己作这一番论议的本意，是要北人与南人改正自身缺点而且师法对方的优点，再进而指出，只要拿起品格互补这一利器，就可以塑成“厚重而机灵”的优良品格；就可以塑成“机灵又厚重”的优良品格，也就是实现改善国民品格的神圣目的。

基于上面的论述，我们可作一归结：鲁迅“北入南相”说蕴蓄着模糊思维，这一思维方式有着将“部分”含混地说成“全体”的基本特征，而运用模糊思维是为着改善国民的品格。鲁迅“北人南相”说又蕴蓄着品格互补，品格互补有着弥足珍贵的价值，品格互补有助于做成“有益的事业”，品格互补能令国人重塑新魂。

本文提出：论者运用模糊思维的另一个目的，是要消除国民的消极现象，这似乎跟“北人南相”说之内容涵义无关。可是由于“中国人如何如何”一类论议与“北人、南人如何如何”之论议，都归属模糊思维，因而以“消除消极”也是运用模糊思维的目的，诚然是无可回避的内容。

我们知道，鲁迅曾致力于揭露国民劣根性，致力于攻打国民性弱点，也就是致力于揭发批判中国国民的消极现象。——然而揭发批判消极现象，仅仅是一个方面。其另一个方面则是：鲁迅曾倾注极大热情，热烈歌颂中国国民性的伟大，盛赞国民性的坚韧雄强，也就是赞誉、称颂中国国民性的伟大积极品格。可以设想，把伟大积极品格（此品格是“美”）与消极现象（此现象是“丑”）一起揭示出来，——此举即是将积极品格与消极现象进行相互比较，这将会产生何种效应呢？我们认为：将积极品格与消极现象作相互比较，也就是说美丑比较；既然趋美远丑乃人之常情，那么在美丑比较中，人们何愁看不到“以美克丑”的美好结果呢？——也就是人们何愁看不到消极现象得以消除的令人神爽的结果呢？

鲁迅运用模糊思维，想达到的一个目的，是改善国民的品格，他运用模糊思维，想达到的又一个目的，是消除国民的消极现象。对前一个目的之可以达到，鲁迅作了肯定的回答；对后一个目的之可以达到，我们也应作肯定的回答。——这是因为：既然凭籍“品格互补”以改善国民品格这一个目的可以达到，那么凭籍“以美克丑”来消除国民的消极现象那一个目的也可以达到。如果暂时还达不到以美克丑——这只不过说明，“美”传播、赞誉得还不够，只不过说明，“丑”揭露、否定得也还不够；也就是说明，对于积极品格之有益，还传播、赞誉得不够，对于消极现象之危害，也还揭露、宣讲得不够。

我们知道，鲁迅非常赞同一句名言，“一方面是庄严的工作，另一方面却是荒淫无耻。”[1]“庄严的工作”，正是可宝贵的积极精神（积极品格）体现，是美之极致；而“荒淫无耻”则是消极现象，是丑之极致；应该相信：将“庄严的工作”与“荒淫无耻”一起揭示出来，最终必定会产生以美克丑的效果，也就是“庄严的工作”最终将会进一步发扬，而“荒淫无耻”最终将会日渐消退以至完全消除。鲁迅说：“比较既周，爰生自觉。”[2]因而美丑比较是有效的，以美克丑是必然的。——只要人们将讴歌积极精神（积极品格）与揭露消极现象并举，只要人们将讴歌积极精神、讴歌积极品格做得极其充分，同时将揭露消极现象也做得极其充分，那么积极品格得以进一步昂扬，而消极现象日渐消退以至完全消除的崭新景象定会出现。而鲁迅运用模糊思维，既赞誉民族的积极伟大精神（积极品格），又揭露国民劣根性（消极现象），就是为了使积极精神（积极品格）更加昂扬，而使国民劣根性（消极现象）逐渐消除。——鲁迅这一目的之可以达到，是有着生活逻辑之合理性不可更改作为依据的。

1999 年 12 月作

1 《且介亭杂文二集·田军作〈八月的乡村〉序》
2 《坟·摩罗诗力说》

鲁迅改革国民性思想新探

——论除丑取美以重塑民族性格

国民性问题的重中之重是人的智德。有位哲人说：归根结底，文明可以说是智德的进步；又说：如果智德不能兼备，文明就无从设想。鲁迅对人的智德，同样给予极大关注，而且对智德的崇高价值作过精辟论述。鲁迅改革国民性之议，善莫大焉，他洞见症结地指示道："我们历史上满是血痕……其实是伟大的。揭发缺点，意在复兴，在改善。"本篇的论说往往不离智德两词，读者莫怪。

一、改革国民性的目的

鲁迅改革国民性的目的，是为了增进国人智德，使国人获取进步思想、汲取优良品格以重塑民族性格；是企盼新国民更健康雄强，聪明高尚。

鲁迅仅用六十个文字（含标点）就道出了智识、道德、品格、思想四者至高至崇的价值与得之不易。他写道：

"但是想在现今的世界上，协同生长，挣一地位，即须有相当的进步的智识、道德、品格、思想，才能够站得住脚：这事极须劳力费心。”[1]

这段论述独到而深刻，其要点有二：

其一，进步的智识、道德、品格、思想，是一个民族立足当今世界的凭借。

其二，这进步的智识、道德……四者，得之不易，极须劳力费心。

既然鲁迅在理性上把握到了智识、道德、品格与思想的崇高价值，那么他在思想上对国民的智德状况就有较高期望，而我国当时国民之智德状况实在不能令人满意：“凡是愚弱的国民……只能做毫无意义的示众的材料和看客。”“我以为国民倘没有智，没有勇……实在是非常危险的。”（《呐喊·序》和《坟·杂忆》中语）这就是说，鲁迅眼中的国民智德状况与他对国民智德的较高期望，两者差距甚大。这种差距使鲁迅深切认识到：改革国民性是不可从缓，不可不做的大事。鲁迅认为：为了增进国人智德，使国人获取新思想、汲取好品格以重塑民族性格，这就要着手做改革国民性的坚实的工作。——而着手做这一坚实的工作，其实就是做“竭力启发明白的理性”和“设法注入深沉的勇气”（《坟·杂忆》中语）的工作；如果我们真正做好了这一工作，应该而且可以使国人由愚弱和缺智少勇改变为雄强和聪明高尚。

鲁迅确实怀有美妙的理想，他期望新一代国民成长起来，他写道：

1 《热风·随感录三十六》

“只要思想未遭锢蔽的人，谁也喜欢子女比自己更强，更健康，更聪明高尚，——更幸福，就是超越了自己，超越了过去．”[1]由此可见，从鲁迅的理想，他寄厚望的新一代国民身上，我们可以把握到改革国民性的目的：企盼新国民“超越了过去”而更健康雄强，聪明高尚。

二、改革国民性的对象

改革国民性的对象，是：一部分中国人。

在鲁迅对改革国民性所作的大量论述中，其笔下的中国人，综合起来可归结为：全体中国人，分为丑陋的中国人和优美（优秀美好）的中国人两部分。如果说这一表述难免失之缜密，那么我们至少可以转而表述为：全体中国人，既有丑陋的中国人，又有优美（优秀美好）的中国人。——这一结语，该是无懈可击的。

既然全体中国人，既有丑陋的中国人，又有优美的中国人，那么改革国民性的对象，就只能是“丑陋的中国人”这一部分人们，而不能还带上“优美的中国人”另一部分人们，即是说改革国民性的对象只能是一部分中国人。这一论定可由鲁迅及其他论家的论述加以说明。

（一）许寿裳的见解

关于对国民性问题的讨论，许寿裳在上世纪四十年代提出“民族性的伟大”这一概念，并以此与国民性弱点相对应。这是一个非常重要的见解。所谓“民族性的伟大”，当然应该有它的载体，

1 《坟·我们现在怎样做父亲》

它的载体必是某部分中国人。所以，提“民族性的伟大”这一概念，就是肯定国中有具备着“民族性的伟大”的中国人。而所谓国民性弱点，当然也是有它的载体的。鲁迅提国民性弱点，就是基于国中存在沾染着国民性弱点的中国人。

由上述解说可知：许寿裳对国民性，是看到了国民性的两个方面的。他认为：中国人的国民性，一方面是国民性弱点，另一方面是“民族性的伟大”。由于许寿裳兼顾了国民性的两个方面，如果让他对中国人加以判分，他应该会作出如下的判定：全体中国人，既有沾染着国民性弱点的中国人，又有具备着“民族性的伟大”的中国人。

（二）庞朴的见解

庞朴在《学者答问录》中说：“五四时代文化论战中讨论国民性问题时就有一种倾向，把国民性等同于国民的劣根性。……我认为国民性中不仅仅有劣根性的一面，还应该包括姑且称为优根性的一面。”[1]

庞朴的论述，指出了两个相互补充的要点：一个要点是：把国民性等同于国民的劣根性，这是不正确的；又一个要点是：国民性应该包括两个方面：国民性中既有劣根性的一面，还包括姑且称为优根性的另一面。

庞朴使用“优根性”一词，在词汇的选用上似乎欠佳，但他所发表的见解，就其实质讲是正确的：国民性中既有劣根性的一

1 刚健：《文化的民族性与时代性——访庞朴》，见1988年11月24日《光明日报》

面，又有“优根性”的另一面。

按照庞朴上述见解，关于中国人可作如是说：全体中国人，既有沾染着国民劣根性的中国人，又有具备着国民优根性的中国人。

（三）鲁迅的论述

首先，鲁迅的一处声明，说明他对中国人的认识，对中国人作出的判分是无懈可击的。

他写道：“为避免纠纷起见，还得声明一句，就是：我所指摘的中国古今人，乃是一部分，别有许多很好的古今人不在内，然而这么一说，我的杂感真成了最无聊的东西了。要面面顾到，是能够这样使自己变成无价值。”[1]

由上述文字可知：鲁迅认为，全体中国人，一部分是该受指摘（即“我所指摘”）的中国人，另一部分（即“别有许多”）是“很好的”中国人。——这一个语句所表达的意思，其实可用另一个语句加以表达而原来意思毫不改变：全体中国人，既有该受指摘的中国人，又有“很好的”中国人。

其次，鲁迅有一处读之令人自豪的文字。

他写道：“我们从古以来，就有埋头苦干的人，有拼命硬干的人，有为民请命的人，有舍身求法的人……虽是等于为帝王将相作家谱的所谓‘正史’，也往往掩不住他们的光耀，这就是中国的脊梁。”[2]

1 《华盖集·忽然想到（一），注（1）》
2 《且介亭杂文·中国人失掉自信力了吗》

鲁迅笔下的“中国的脊梁”，他们有的埋头苦干，拼命硬干，有的为民请命，舍身求法；这“埋头苦干、拼命硬干、为民请命、舍身求法”可归之于“民族性的雄强”一词，“中国的脊梁”无疑是有着“民族性的雄强”的中国人。

鲁迅又有两则读之令人痛心且愤然的文字。

第一则，他指出：“中国国民性……最大的病根，是眼光不远，加以卑怯与贪婪。”[1]

第二则，鲁迅说：“中国人但对于羊显凶兽相，而对于凶兽则显羊相，所以即使显着凶兽相，也还是卑怯的国民。”[2]

鲁迅以眼光不远、卑怯与贪婪为国民性病根的主要病症，这未必是无的放矢，倒是语出有据。国人其实不乏沾染着国民性病根，如眼光不远、卑怯与贪婪者。所以，鲁迅上述三处文字以正与反，美与丑作对比道出了：全体中国人，既有沾染着国民性病根的中国人，又有具备着“民族性的雄强”的中国人。

再次，我们需要用心而不是用眼去读鲁迅的文字。

他写道：“爱伦堡论法国的上流社会文学家之后，他说，此外也还有一些不同的人们：‘教授们无声无息地在他们的书房里工作着，实验X光线疗法的医生死在他们的职务上，奋身去救自己的伙伴的渔夫悄然沉没在大洋里面。……一方面是庄严的工作，另一方面却是荒淫与无耻。’

1 《两地书·一〇》

2 《华盖集·忽然想到（七）》

这末两句，真也好像说着现在的中国。”[1]

我们应该多加留意，鲁迅在该文的结尾，又重复了已见于篇首的警世之句：“一方面是庄严的工作，另一方面却是荒淫与无耻！”

我们看到：鲁迅指明“一方面是庄严的工作，另一方面却是荒淫与无耻”也是“现在的中国”的真实写照，而且向来惜字如金的他于篇首、篇尾两次写出这警句，可见鲁迅何等宝贵这一警句所表达的思想内容。

既然鲁迅肯定这一警句也是“现在中国”的写照，可见他认为：一方面是一部分中国人在“庄严的工作”着，又一方面是另一部分中国人却以“荒淫与无耻”为事。——而这一语意又可更简洁醒目地表述为：全体中国人，既有“荒淫与无耻”的中国人，又有“庄严的工作”的中国人。

综上所述，鲁迅以及许寿裳等人认为：全体中国人，既有沾染着国民性弱点的中国人，又有具备着“民族性的伟大”的中国人，既有该受指摘的中国人，又有“很好的”中国人，既有沾染着国民性病根的中国人，又有具备着“民族性的雄强”的中国人，既有“荒淫与无耻”的中国人，又有“庄严的工作”的中国人……其实，有着“民族性的伟大”的中国人，“很好的”中国人，有着“民族性的雄强”的中国人，“庄严的工作”的中国人等，这几类中国人就其实质讲是相同的，因而可归之于“优秀美好”的

1 《且介亭杂文二集·田军作〈八月的乡村〉序》

中国人；而沾染着国民性弱点的中国人，该受指摘的中国人，沾染着国民性病根的中国人，“荒淫与无耻”的中国人等，这几类中国人就其实质讲也是相同的，因而可归之于“丑陋”的中国人。所以，从鲁迅等人的论述可以得出一个结论，是：全体中国人，既有丑陋的中国人，又有优美（优秀美好）的中国人。——而这一论定的意义在于：解说清楚改革国民性的对象是一部分中国人。

三、改革国民性的需要与可能

（一）改革国民性的一般需要与可能

首先讲一讲关于美丑融合的概念。客观事物不仅有美与丑的对立，而且美与丑这两种对立因素往往存在于同一事物之中。所谓美丑融合，就是美与丑这两种对立因素共存于同一事物之中的意思。鲁迅认为，对人们来说，单是美点，就不是全般，人是必有其丑的，这就是鲁迅对人的“美丑融合”的认识。

改革国民性的一般需要与可能，源于人的美丑融合。换句话说，就一般而言，国民性之所以需要改革和可能改革，是由于人是一个美丑融合的载体，改革国民性，简言之，就是做美丑转化、化丑为美、变害为益的工作。人皆为美丑融合，既美且丑；改革国民性，可以使人由既美且丑达于较完美的理想性格。所以，懂得了人的美丑融合，也就懂得了改革国民性的一般需要与可能。

为了更好地理解人的美丑融合，我们论述的内容不妨扩展一下，扩展到历史上的两个人物。

关于晁错、陈平的美丑融合

英才如晁错、陈平，他们未能免于美丑融合。晁错以智于筹国，愚于卫身（既智且愚）为美丑融合；而陈平以“定汉业”之英才与德行有污（有才欠德）为美丑融合。

关于晁、陈之事还要作些说明。日本明治维新思想家福泽谕吉将道德和智慧区分为私德、公德和私智、公智，这一区分堪称精到之论。西汉晁错，曾向景帝建议削夺诸侯封地，以巩固中央集权。于是吴、楚七国以诛晁错为名，发动叛乱。晁错终因谗言被杀。冯梦龙评论晁错，认为他智于筹国，而愚于卫身。冯氏分析晁错被害原因，说他不死于智，而死于愚。——晁错“坐而谈兵，人主动色，迨七国事起，乃欲使天子将，而己居守。一为不智，谗兴身灭。”冯氏对晁错的分析是颇有见地的。晁错在公德、公智上确有其宝贵的优点，如冯氏赞许他智于筹国；智于筹国足以说明他有贤德、有智谋，——这是美。但是晁错在私智上又是有欠缺的，如冯氏惜其愚于卫身；愚于卫身说明他不免有愚拙之处，——这是丑。所以，晁错是为美丑融合之人。

一个社会，德与才诚不可偏废。可是德才兼备之士往往不多见，于是一个治天下的实行家，有时偏重德，有时又偏重才。曹操作为实行家，在人才的使用上则首肯“用才（美）隐丑”的原则。他说过：“夫有行之士，未必能进取，进取之士，未必能有行也。陈平岂笃行，苏秦岂守信邪？而陈平定汉业，苏秦济弱燕。由此言之，士有偏短，庸可废乎！”为曹操所推重的陈平，在德行上有不足之处是无可讳言的，他那盗嫂受金的恶名未必因其“定汉业”的赫赫之功而能抹去。由此可见，功臣陈平的性格有如常人之美丑融合。

还有一点顺便说明之。本篇语涉晁错和陈平的文字，不足以全面、准确论析晁陈德行与智谋的得失。笔者只是想借此说明：有智为美，愚拙为丑；有贤德为美，而德行中凡有程度不等的污点则为一种或大或小的丑陋。

关于阿 Q 的美丑融合

阿 Q 主要性格特点是突出的精神胜利法以及诸多其他弱点，然而仍有其性格的另一面：作为劳动者的“真能做”和作为被压迫者所具有的反抗性以及革命潮涨时代闪现的革命火花，所以阿 Q 的形象仍不失为一个美丑融合的形象。对阿 Q 的这一论定，有如下理由：

其一，当阿 Q 看到革命“却使百里闻名的举人老爷有这样怕”的时候，他想：“革命也好吧……革这伙妈妈的命，太可恶，太可恨……”——由此可见，阿 Q 的阶级地位决定了他具有真实的反抗性和革命要求。

其二，何其芳指出：阿 Q 性格上最突出的特点是精神胜利法，除了这一性格特点之外，他又很自尊，很能够自轻自贱，保守，然而“真能做”也是阿 Q 的性格。

其三，刘再复写道：“阿 Q 善于劳动，割麦、舂米、撑船，样样都行。”

将上面的论述综合起来，可以确信，阿Q是一个美丑融合的艺术形象：阿Q具有劳动者的优点——真能做，具有被压迫者的反抗性，这不可不谓是一种“美”的因素；然而阿Q的精神胜利法，确实是为害无以复加的丑恶根性。不过指出阿Q的美丑融合固然必要，而对阿Q的整个性格特点分清轻重主次却更为重要。就作者的全部描写和小说情节的总体发展来看，丑的因素是主要的、贯穿始终的、起着决定性作用的。所以阿Q虽然兼有反抗性，但他至死仍是一个无可救药的精神胜利者；阿Q虽然可以归居于美丑融合的形象，但作者通过对这一个真实生动的形象的传神描写，是为了用将丑恶的人物形象示众的方法，有力地批判那种自甘堕落、麻木卑怯的消极可耻现象——精神胜利法；进而达到消除那种消极有害的东西——精神胜利法——的预期目的。

最后还应该指出一点：阿Q的悲剧（悲惨的“大团圆”结局）是黑暗的社会环境与他自身性格的致命缺陷（精神胜利法）所致。如果未庄社会能早些得到彻底的革命改造（或阿Q能活到新中国温暖阳光的照耀），阿Q性格中的美与丑两个方面也会起彼消此长的变化，阿Q也可新生。

关于青皮的美丑融合

鲁迅笔下的青皮，虽然地位低微而卑贱，亦是美丑融合之人。——这一点待与后文一起加以论说。

英国作家乔治·桑对人有着精到深刻的认识。他说：“我愿意看见人原来是什么样子就是什么样子，不是或好或坏，而是又好又坏，不过还有一点东西……——就是差异！在我看来，差异就是艺术的目的，——人既然是又好又坏，就有一种内在的力量，把他带到极坏和微好——或者极好和微坏的路上。”[1]

乔治·桑认为，“人”不是或好或坏，而是又好又坏；并且不仅如此，这又好又坏的“人”，总是被内在的力量“带到极坏和微好——或者极好和微坏的路上”。此说可仿效之：“人”不是或美或丑，而是又美又丑；并且这又美又丑的人，总是被内在的力量“带到极丑和微美——或者极美和微丑的路上”。

根据乔治·桑对人的论断，可将人分为三大类：“极丑而微美”，“极美而微丑”与“亦美亦丑，不美不丑”之中间型。于是，我们可说晁错属英才而略有不足之人，可曰“极美而微丑”；而墨索里尼在其小外甥面前亦并非恶人，他会爬着让小外甥当马骑，尚有人性之微光，因而墨索里尼归于大恶而略有些微人性之人，可曰“极丑而微美”。

鲁迅所塑造的阿Q艺术形象，属于丑陋的人们之列，可归于“极丑而微美”。丑陋的人们是改革国民性的对象，国人中的阿Q们是改革国民性的对象；而对丑陋的人们，对国人中的阿Q们，进行国民性的改造，这是要做坚实的工作的。这坚实的工作，就是鲁迅加以高度概括的“竭力启发明白的理性”和“设法注入深沉的勇气”那样一种工作。可以认为：用“启发理性”和“注入勇气”这样的坚实的工作来进行国民性改造，是应该会取得预期

1　北京师大编《文学理论学习参考资料》770页

的目的的。

这里尚须做一个说明：所谓“启发理性”和“注入勇气”，着实包含着要对国人做大量教导有方的工作的意思。关于“竭力启发明白的理性”者，实在应是一篇文章的题目，而我们的学人要以“启发理性”为题旨做一篇大文章，通过做好这一篇大文章，一方面使国人认识到：进步的智识、道德、品格、思想有着极为崇高的价值，而且这智识、道德……四者，要想获得它们是极为不易的；另一方面还要使国人认识到：他们自身所缺乏的正是这智识、道德……四者。——国人如果认识到了智识、道德等等的价值以及自身在智识、道德等等的欠缺，他们就会全力以赴、劳力费心地去获取进步的智识与思想，去汲取优秀的道德与品格。而在国人获取进步思想与汲取优秀品格的同时，再加之以“设法注入深沉的勇气”就有望大功告成。——关于这“设法注入深沉的勇气”者，实在也应是一篇文章的题目，而我们的学人要以“注入勇气”为题旨做一篇大文章，通过做好这另一篇大文章，使国人敢于面对自身的某些弱点与不足，敢于面对自身弱点、不足所带来的危害。所以，正是在一方面“启发理性”（使国人获取进步思想与汲取优秀品格），又一方面“注入勇气”（使国人敢于面对自身弱点及其危害）这样的“智勇并进”的过程中，国人身上原有的某些弱点与消极因素得以逐步消除，国人身上的新思想好品格与积极因素得以日渐生长。这就是说，国人在除旧布新、化丑为美的过程中，将会逐步完成对自身国民性的改造。

至此，我们可以作一小结。国民性改造能不能取得预期目的，关键在于：我们的学人有没有真正做好上文提到的“两篇大文章”。如果说国民性改造并没有取得预期目的，那是因为鲁迅及其他学人仅仅做成了这两篇大文章的部分章节而没有最终完成其全篇内容。因而鲁迅提出的国民性改造的任务能否圆满完成，就有待于我们后续学人能否圆满完成这两篇大文章的全部章节、整篇内容。

（二）改革国民性的特殊需要与可能

改革国民性的特殊需要与可能，是由中国社会的特定社会历史条件决定的。如：旧时代国人较少讲科学而较多重迷信，因而有较多的陋习存在；中国长期的封建社会压迫的过重和动乱的频仍，国人往往身陷“暂时做稳了奴隶和想做奴隶而不能”的悲惨境地，因而难免染有奴性思想且挺不起腰板，甚至心生“离乱人不如太平犬”的悲哀而自轻自贱；当国门被洋枪洋炮强行打开后，中国更出现了“百姓怕官，官怕洋人”的畸形现象；近代中国屡遭列强欺凌与社会经济的凋敝，这使国人滋生“乐他们不过，与他们比苦；美他们不过，与他们比丑”这样的异常心理等等。总之，中国封建社会压迫的过重和近代中国的多灾多难，使国人的民族性格蒙上了巨大的阴影，令国人的民族性格沾染了数量较多、程度较深的丑陋现象与消极因素。既然国人的民族性格存在着较为深广的丑陋现象与消极因素，这就使改革国民性成了更为迫切的特殊需要，而只要国人有所醒悟，改变国民性的可能是存在的。鲁迅说过：“幸而谁也不敢十分决定说：国民性是绝不会改变的。”（《华盖集·忽然想到（四）》中语）

鲁迅形象地论述改革国民性的必要与可能，认为改革国民性可以变害为益，化丑为美。

他写道："总之：读史，就愈可以觉悟中国改革之不可缓了。虽是国民性，要改革也得改革……一改革，就无须怕孙女儿总要像点祖母那些事，譬如祖母的脚是三角形，步履维艰的，小姑娘的却是天足，能飞跑；丈母老太太出过天花，脸上有些缺点的，令夫人却种的是牛痘，所以细皮白肉：这也就大差其远了。"[1]

上面的论述明告人们：改革国民性可以变有害为有益，——比如变步履维艰的三寸金莲为能飞跑的天足；可以化丑陋为优美，——比如化丑陋的麻子脸为细皮白肉的玉容花貌。既然改革国民性有益无害，何乐而不为呢？

四、改革国民性的方法

改革国民性的方法，是：除丑取美。——这一论断不难从鲁迅著述中分析、归结出来。

鲁迅通过对相书上一条旧说的阐发，给国人指引了一种"自新"之路：除丑取美可以重塑民族性格。既然重塑民族性格，需凭借除丑取美，那么这"除丑取美"，就是重塑民族性格的方法，也就是改革国民性的方法。

现在来解说鲁迅对那条旧说的阐发。而鲁迅的阐发是使用了这么一节绝妙文字：

"北人的优点是厚重，南人的优点是机灵。但厚重之弊也愚，机灵之弊也狡……缺点可以改正，优点可以相师。相书上有一条

1 《华盖集·这个与那个》

说，北人南相，南人北相者贵。我看这并不是妄语。北人南相者，是厚重而又机灵，南人北相者，不消说是机灵而又能厚重。昔人之所谓'贵'，不过是当时的成功，在现在，那就是做成有益的事业了。这是中国人的一种小小的自新之路。"[1]——值得注意的是，这篇论文作于一九三四年二月，文章的写作时间说明：文中所表述的内容观点，是作者成为马克思主义者之后的一个思想结晶。

上引这段文字包含四层意思：

其一，北人与南人各有优缺点：北人既厚重且愚，南人既机灵且狡；

其二，人们可以消除（改正）自身的缺点，汲取（师法）他人的优点；

其三，人们只要消除缺点并汲取优点，必能重塑新的理想性格：北人原本既厚重且愚，经消除自身之愚并汲取南人之机灵，就重塑成了厚重且机灵的理想性格；南人原本既机灵且狡，经消除自身之狡并汲取北人之厚重，就重塑成机灵且厚重的理想性格。（这第三层意思，是由如下文字分析得出的："……北人南相者，是厚重而又机灵，南人北相者，不消说是机灵而又能厚重。"）

其四，北人与南人重塑理想性格，这是国人一种"自新"之路：北人与南人，原本或有德欠智，或有智欠德，他们经消除缺点，汲取优点，重塑成有德有智的理想性格，这有利于做成有益的事业。因而重塑理想性格是国人的一种"自新"之路。——由此可见：

1 《花边文学·北人与南人》

消除缺点，汲取优点，可以重塑民族理想性格；这是国人的一种“自新”之路。

为了论述的需要和表达的简洁，我们用“美”与“丑”两词来分别替换前文的优点与缺点两词，并且紧缩其相关词语，那么消除缺点，汲取优点，可以重塑民族理想性格这一结语，就能简化为：除丑取美可以重塑民族性格。

我们之所以要运用“除丑取美”这样的短语，是因为其中的美这一词语，不仅可有优点之含意，还可有智慧、贤德、“民族性的伟大”等含意；其中的丑这一词语，不仅可有缺点之含意，还可有愚拙、恶德、“国民性弱点”等含意。所以，这里所谓“除丑取美”者，消除缺点、愚拙、国民性弱点等，与汲取优点、智慧、“民族性的伟大”等之谓也。

除丑取美是增智进德的有效方法，这是应该肯定的，而且它还有源头可寻。韩愈在《原毁》中十分称道古之君子，他们为力求德才兼备而注重自身修养。韩愈心目中的古时君子，首先敢于面对自己的缺点，他们说：“不如舜，不如周公，吾之病也”；然后付诸行动：“早夜以思，去其不如舜者，就其如舜者”，“早夜以思，去其不如周公者，就其如周公者”。很显然，古时君子为增才进德而执着于“去其不如舜者，去其不如周公者；进而就其如舜者，就其如周公者”。——这里，“去其不如舜者……就其如舜者……”就是除丑取美的一个源头。如果说前者是传统的加强才德修养的方法，那么后者就是现代的加强才德修养的方法，两者有着相似的增智进德作用。

由上文的分析解说可知，鲁迅通过对相书上一条旧说的精妙阐发，揭示出：改革国民性的方法乃是除丑取美，这是极有深长意味的事。鲁迅关于改革国民性的诸多论述，跟《北人与南人》那一节文字的论议，两者在实质上是相通的、一致的，两者的目的都在于：变有害为有益，化丑陋为优美；使国人增进智德，重塑民族的理想性格。所不同的只是：《北人与南人》中仅仅使用了厚重、机灵与愚、狡几个词语，而在改革国民性的大量文字中广泛使用了诸如国民性弱点、愚弱、精神胜利法、眼光不远、卑怯、贪婪与埋头苦干、拼命硬干、为民请命、舍身求法等众多词语。基于这一理由，加之《北人与南人》一文作于鲁迅的晚年，因而可以推断，鲁迅在那篇妙文中揭示出的除丑取美以重塑民族性格这一重要观点，很可能是他关于改革国民性思想的一个终结。因为他在此文中直截了当地指出：除丑取美以重塑民族性格，是他给国人指引的一种“自新”之路；而鲁迅改革国民性的根本目的正是在于：增进国人的智德，重塑民族性格，促使国人达于“自新”境界。

至此，我们应该细读鲁迅写于一九三六年的论述：“我们生于大陆，早营农业，遂历受游牧民族之害，历史上满是血痕，却竟支撑以至今日，其实是伟大的。但我们还要揭发自己的缺点，这是意在复兴，在改善。”[1]

这一精到论述足以使人们认识到：改革国民性思想，是作为

1 《鲁迅全集之13·书信之附录6》

文化巨匠的鲁迅的一个深思熟虑的辉煌思想；他的改革国民性之议，是洞见症结的，不仅正确可行，而且无任何片面性。

改革国民性的方法是除丑取美，除丑取美以增智进德，除丑取美以重塑民族性格，这些内容已论说如上。但是在改革国民性的过程中，还有一个善于学习，善于汲取的问题。因而本篇应该增添下列内容。

五、关于学习与汲取的问题

这一部分，通过对特定对象的论说，说明在学习与汲取过程中，有一个“识其丑而取其美”（识丑而取美）的问题。当然，这识丑而取美的侧重点应是“取美”。如果说除丑取美是改革国民性的主要方法，那么这识丑取美就是改革国民性的辅助方法。

（一）关于对青皮的识丑取美

尽管青皮之地位低微而卑贱，而其韧性精神却大可以佩服。因而对青皮的“取美”，就是学习、汲取他身上的这种韧性精神。

鲁迅写道：“世间有一种无赖精神，那要义就是韧性。听说拳匪乱后，天津的青皮，就是所谓无赖者很跋扈，譬如给人搬一件行李，他就要两元，对他说这行李小，他说要两元，对他说道路近，他说要两元，对他说不要搬了，他说也仍然要两元。青皮固然是不足为法的，而那韧性却大可以佩服。”[1]

鲁迅笔下的青皮，是一个无赖相十足、跋扈得可以而又不乏韧性精神的形象，这也就是美丑融合的形象。鲁迅对这既丑且美

1 《坟·娜拉走后怎样》

的青皮，就是先用一番“识丑而取美”的功夫，然后理智地指明：“青皮固然是不足为法的，而那韧性却大可以佩服。”——鲁迅认为，从美丑融合的青皮身上，可以学习、汲取他的韧性精神。这就是对青皮的识丑取美。

（二）关于对敌人的识丑取美

鲁迅当然懂得国人同仇敌忾的可贵，也理解民众“饥餐胡虏肉，渴饮强敌血”那种雪耻情之难免，但是他仍然力主学习“枪击我们的洋鬼子”，这种敢于对敌人作识丑取美的可贵行为，显示了他清醒的理性与非凡的勇气。

鲁迅写道：“对于敌人，解剖，咬嚼，现在是在所不免的。”[1]

但是，鲁迅的识见过人之处，在于对敌人，不但“咬嚼”，仇恨，而且还从强敌身上发现他的某些优美的东西来。——这意思可由下列论述得出：

其一，“将华夏传统的所有小巧的玩意儿全都放掉，倒去屈尊学学枪击我们的洋鬼子，这才可望有新的希望的萌芽。”[2]

其二，“所以无论如何，我总觉得洋鬼子比中国人文明，货只管排，而那品性却很有可学的地方。这种敢于指摘自己国度的错误的，中国人就很少。”[3]

阅读上面引摘的文字，我们应特别留意如下诸点：“学学枪击我们的洋鬼子”，要很好学习洋鬼子“那品性”，要学习洋鬼子“敢于指摘自己国度的错误”的勇敢作为。——这是何等的仁者气度，

1 《二心集·“硬译”与“文学的阶级性”》
2 《华盖集·忽然想到（十一）》
3 《两地书·二九》

何等的大智大勇，何等的从善如流，从美如流。但是在鲁迅的这种“从善如流，从美如流”之中，是有他的非同一般的识丑而取美能力作为坚实的基础的。

我们有必要再作一些说明。洋鬼子枪击我们的同胞，用他们先进的武器杀戮我们同胞的生命，洋鬼子并且从经济上榨取我们民族的血汗，因而我们理应记住这深仇大恨。而且即使有人以咬嚼洋鬼子之肉、渴饮洋鬼子之血为壮志，为快事，从复仇心理上讲，也是可有不必以为过分的理由在的。但是仅仅有渴望复仇之志是远远不够的。为了我们民族的复兴，或者至少为了中国人不被从“世界人”中挤出，我们的第一要务，就是：要使我们的民族真正强大起来。而为了民族的强大，我们实在极有必要学习敌人的长处，汲取敌人好的品性。

所以，国人如能像鲁迅那样从善如流，从美如流，即如能像鲁迅那样，善于从他人身上包括从敌人身上学习、汲取有价值的思想，学习、汲取其长处与好品格，重塑民族理想性格是完全可以做到的.

我们有理由相信：改革国民性的预期目的是可以达到的. 只要我们持续不断地对国人做大量教导有方的工作，只要我们在“竭力启发明白的理性”和“设法注入深沉的勇气”这样繁难的工作上面做出卓有成效的成绩，从而使国人在智德两方面有长足的进步，使国人有面对自身弱点的勇气，使国人充满自信而目光远大，到那个时候，国人圆满完成国民性改造的预期目的就可望实现.

2004 年 3 月作

略论拿来主义

实践的拿来主义的根本特点是“认知维艰，行之尚勇”（即知难行亦难）。知行皆难之说，并非危言耸听。鲁迅谓拿来主义须非昏蛋与孱头才成；罗素认为，中国人与欧洲人之互相了解之所以存在着困难，是因为西方文明与中国文明之特殊分离性；日本明治维新思想家福泽谕吉说：“在汲取西洋文明方面，日本是比中国容易的。”[1]这些论断无不闪耀着智慧的光芒。

关于拿来主义的知行皆难这一根本特点，可从如下三个方面来加以说明：一、拿来主义的三层含意；二、拿来主义的五种运用；三、拿来主义的两大类型。

一、实践的拿来主义，具有三层含意：（一）价值之发现；（二）适时取用；（三）契合主体需要。

（一）价值之发现。所谓价值之发现，就是：古代文化遗产和外来文化所固有的宏富精微的思想理论价值，或益于世用的独创物具有的无可替代的实用价值，被人们所认识、所发现。不言而喻，首先是古代文化遗产和外来文化须蕴蓄着宏富精微令人瞩目的客观价值，然后才是种种发现。比如：孔子的教育论、知识论值得肯定，他的道德修养思想，在总体上讲是唯心主义的，但

1 福泽谕吉《文明论概略》18页。

其中又包含了一些具有唯物主义因素的合理成分。又如：罗素说："我应该指出，西方文明的特殊贡献是科学方法，而中国文明之特殊功绩在于合理的人生观，我们希望这两种因素能渐渐地融汇在一起。"罗素认为，在中西文化交流中，人类可望科学方法与合理的人生观这两种积极因素渐渐地融汇在一起，这应该说是很有意义的价值之发现。他还认为，中国可从西方学得不可缺少的、最低限度的实用效能；而西方可从中国学得一些静思的智慧，这些认知无一不是价值之发现。再如：以中国近代为界，鸦片战争以后，人们开始把眼光引向西方，引向科学技术，这是西方的科学文化的巨大价值终于逐渐被当时中国先进的人士所认识、所发现。"西学东渐"始于对西学之科学价值的认识与发现。从十九世纪六十年代起，中国开始了较大规模的翻译西方书籍的工作。从工艺、兵法、医学、宗教等类书籍开始，发展到数学、化学、物理学、天文学、矿物学等基础、应用科学。一八九八年严复翻译的《天演论》出版，使达尔文的进化论传入中国。《天演论》的出版，给我国生物界、科学界和整个思想界都带来了一场革命。由上述论列可知：为了从历史文化遗产和外来文化中吸收消化更多的积极因素以促进社会的进步，作为主体的人应具备深刻的认识和卓越的识见是极为重要的。

（二）适时取用（适时地吸取应用）。所谓适时取用，就是鲁迅所说的"首先是不管三七二十一，'拿来'！"与任何应用都有特定的时间性的意思。法国的一位大哲学家说道："是什么东西使得欧洲进入了近代的？是来自于中国的三大发明。促进欧洲现代化的，是中国的火药、罗盘、印刷术。”[1]可见欧洲人及时取用中国的三大发明，对促进欧洲现代化有着极大的作用。但是做到“适时取用”并非没有困难。比如：对马尔萨斯的人口理论，我们曾长期采取否定的态度；现在我们对这一有影响的人口学说又重新作出评价，予以部分肯定。同样我们对马寅初关于要注意提高人口质量控制人口数量的思想理论，也曾经进行批判。这些情形表明，当我们对某些学说理论的科学真理在一定时期未能全面正确认识、实事求是评价的时候，我们对那些学说理论的科学价值，也就难以做到“适时取用”了。在今天改革开放时代，立足于现代化目标的实现，我们多渠道地引进西方科学技术、学习西方现代的管理等等，都是基于理性认识的吸收应用。这些先进科学文化的吸收应用，我们做得越适时，就越有效益，越有利于促进我国的现代化建设。

（三）契合主体需要。外来文化的引进和古代文化的采用，是以主体的需要为转移的，这是拿来主义运用的关键所在。我们知道，文化结构有三层：外层物质层面，中间层理论制度层面，里层心理层面。近代中国的现代化运动在文化结构上，经历由外层物质层面向中层理论层面、里层心理层面逐层深入的过程。文化结构上，这种由物质层面逐步向理论制度、文化心理层面深入的过程，就是外来文化的引进、移植存在着“契合主体需要”问题的一个具有历史逻辑力量的说明。洋务运动时期，人们为了从

1 《中国文化书院学报》第12期第1版。

物质层面来革新中国的固有文化，开始从物质层面接触、移植新的西方文化，我国引进了与西方工业革命相关的一系列科学技术，这显然是一个有意义的起步。在这一阶段，我们不能要求洋务运动派去移植西方的政治理论以变革当时的社会制度。因为在当时，西方的政治理论、社会政治制度是当时人不接受或者不愿接受的东西。在当时的中国，引进、移植西方的政治理论、社会制度，是与民众的意愿、情绪、认识相违背的，即是与“主体需要”不相适宜的。近代史的进程表明，移植西方政治理论并变革中国的封建社会制度，这是中国资产阶级改良派、革命派在下一个历史阶段的任务。至于文化深层的心理层面的现代化任务，时代又把它留给了“五四”新文化运动以至今日的中国社会。总之，文化结构的物质、制度、心理三个层面及其循序渐进的三个历史阶段，是外来文化的引进与移植存在着“契合主体需要”问题的一种明显反映。

外来文化的引进，一定要经过中国化的过程才能存在。我国是这样，日本在引进外来文化时也有民族化的问题。我们叫“中体西用”，日本叫“和魂汉材”，以后又变为“和魂洋材”。当然，“中体西用”把体用分割开来，这样的概念是不科学的。但是，“中体西用”表达了中华民族在图强过程中，有识之士面对严峻的现实已经意识到有引进西方文化的实际需要。和魂汉材、和魂洋材表述了日本民族先是引进中国文化，尔后又是引进西方文化，以服务于发展日本民族文化的需要。所以，中体西用、和魂汉材等仍然包孕这富有启发性的思想含意：外来先进文化的引进必须契合主体的真实需要，主体需要是引进外来先进文化的内在条件。周恩来指出："要洋为中用，以中为主。"这"洋为中用，以中为主"的精神实质，就是外来文化的吸收与采用必须契合主体的需要。我们今天大量引进西方先进的科学文化，乃是实现我国现代化、建设有中国特色的社会主义的迫切需要，乃是发展我国现实文化、实现中国文化的现代化与世界化的迫切需要。因而今天在改革的时代，我们对西方科学文化的采用与吸收是有鲜明时代特征的"契合主体需要"。

由上述三层含意可知，客观价值、特定时间、主体需要三者同时制约着实践的拿来主义。实践的拿来主义，是以主体的需要为关键，以价值、时间和需要三者统一为特征的；实践的拿来主义是对客观真实价值的科学认识与以主体为转移的实用需要的结合。所谓实践的拿来主义，就是：在对外来文化或古代文化的真实价值不断有所认识或发现的情况下，在某个相宜时间，主体出于自身发展的需要，自觉地将外来或古代文化中被认为有益有用的那些思想、原理、学说、发明、科技等等，加以理性地融取采用、吸收消化。这样，由于拿来主义频繁地不间断地运用，随着时间的推移，外来文化或古代文化中富有效用、益大利多的思想理论、科技发明，无可计量地被我们融取采用、吸收消化，进而成为我们现实文化不可分割的组成部分；而现实文化也就在这种不断融取采用、吸收消化外来与古代文化中得到持续的发展。

二、拿来主义的五种运用

关于拿来主义的三层含意已如上述。在那一节内容中，我们指出：实践的拿来主义是以主体的需要为关键的。现在再来述说拿来主义的五种运用。关于拿来主义的这几种运用，是对“契合主体需要”之内容涵义作进一步的具体说明。

对历史文化遗产和外来文化作拿来主义运用，其种类是多种多样的。比如：第一种，成功运用；第二种，具有巨大历史进步意义的运用；第三种，价值甚微的运用；第四种，有害运用；第五种，害天下以逞私利的运用，等等。

先说第一种：成功运用。

庄子寓言《不龟手之药》是对拿来主义的礼赞，它说明要善于把事物（以及事理）利用在大处。其文曰：“能不龟手，一也；或以封，或不免于洴澼絖，则所用之异也。”“所用之异也”——这一评断告诉我们：“什么人作什么用”（即契合主体需要），这是实现某物（或某理）的价值与功用的关键所在。那位果断地用百金购得不龟手之药方，然后说吴王被任为统帅的有为者，终以不龟手之药而建战功、得封赏，这不能不说是智者的一次拿来主义的成功运用。

再说第二种：具有巨大历史进步意义的运用。

鲁迅说罗盘或用以看风水，或用作航海；火药可制作爆竹，亦可用来造枪炮，这一论述包含着精深的含意。同为罗盘，同为火药，而所用殊异，这就更清晰地证明：什么人作什么用（即契合主体需要）——这是实现某物或某理的价值与功用的关键，也就是拿来主义的精义所在。中国的火药、罗盘等四大发明传到欧洲，欧洲人用罗盘去航海，用火药造威力空前的枪炮，这是欧洲人作为开拓进取者的一种具有巨大历史进步意义的拿来主义运用，其推动历史向前的业绩，是迷信风水先生与陶醉于燃放爆竹以博取欢闹之徒不可同日而语的。

第三种：价值甚微的运用。

跟开拓进取者将火药用作造枪炮相比较，某些囿于封闭环境的华夏子民，将火药用于爆竹的制作，这是鄙陋狭隘者的一种因取小舍大而仅得轻微效益的拿来主义运用。

第四种：有害运用。

至于迷信的民众，将罗盘用于看风水就更是等而下之，这是宁信鬼神而不信人类自身的卑怯者的一种祈求鬼神降福的有害的拿来主义运用。

最后说第五种：害天下以逞私利的运用，即封建统治阶级将重义轻利用为重利虚义。

孔孟荀卿作为思想家，提倡重义轻利有其真诚的一面。然而封建统治阶级作为绝对的既得利益者，只在口头表象上提倡重义轻利（这对他们本阶级有利），而在实质上他们将重义轻利用为重利虚义（即“重利”为真为实，“崇义”为虚为表，标榜而已）。

由于封建统治阶级居于富有天下、广有土地的地位，因而轻利是假，其实他们之利“无比丰厚”才是彰明的真实。这一论断不难举证：其一，封建统治阶级握有大量土地资源且“土之有山川也，财用于是乎出”（《国语·邵公谏弭谤》）；其二，以皇帝为代表的统治阶级的“家天下”、“鱼肉百姓”观念；所有这些实际状况、这些思想意识都与轻利意识毫不搭界，相反地，其货利多多，财用不竭为不争之事实。封建时代的日本，情形也是如此：“到了后世，仍有‘御国’、‘御田’、‘御百姓’等的称呼……也就是说，日本国内的土地和人民的身体都是政府的私有物。”[1]所以封建统治阶级所谓的重义轻利，其虚伪性是显而易见的。《国语·晋语》曰：“义以生利”。而统治阶级凭借自己有利的地位，可以顺顺当当地实现“义以生利”。如是，重义就是重利。因此，将“义”抬举到吓人的高度，对统治阶级实在是有利而无害的。荀子提出“先义后利者荣，先利后义者辱”，可是社会实际并不这样。寰宇之内总是：“富贵者荣，贫贱者辱”（鲁褒《钱神论》“富者荣贵，贫者贱辱”）；漫长的封建社会中，荣者未必先义后利。再说封建统治者精通治天下之道：外儒内法，外义内利。此处顺便语及神道设教，以求证“外义内利”并非妄语：论者曰：“君子以为文，小人以为神”。与神道设教同理，关于“义”之论议，就该如是论定：乖巧者（即封建统治者）以义为文，笃厚者（即劳动者）以义为圣。既然封建统治者精通外义内利之治道且深谙“以义为文”之妙，那么对他们来说，将重义轻利用为重利虚义，就是顺理成章的了。所以，封建统治阶级大谈所谓重义轻利，对被压迫阶级和劳动人民有着莫大的欺骗性，对劳动人民和社会发展是有害的。应该指出，整个社会着力于义利并重才是正道。由上述论述我们不难懂得，从孔孟诸子的重义轻利到封建统治阶级的重利虚义，这一重大变易之原因，是深潜在封建

1 福泽谕吉《文明论概略》135 页。

统治者本性之中的。所以，将重义轻利用为重利虚义而又打着重义轻利的旗号，是封建统治者基于其阶级地位与阶级利益的一种害天下以逞私利的拿来主义运用。

三、拿来主义运用的两大类型：真正的拿来主义及其变形

将上述拿来主义运用的诸多种类归纳起来，可得出两大类型：一是拿来主义运用的有益类型，另一是拿来主义运用的有害类型。前者如庄子寓言中那位智者将“不龟手之药”作拿来主义的成功运用，欧洲人作为开拓进取者将火药罗盘作拿来主义的具有巨大历史进步意义的运用；后者如沉溺于迷信的卑怯者将罗盘作拿来主义的有害运用，封建统治者将重义轻利用为重利虚义的那种害公利私的拿来主义运用。

应该指出，拿来主义运用的有益类型才是真正的拿来主义，而拿来主义运用的有害类型则是拿来主义的变形。真正的拿来主义是与马克思主义的批判继承原理相一致的，拿来主义的变形只不过是一种纯粹有害的实用主义。因此我们需要真正的拿来主义而排拒变形的拿来主义。

上面的文字我们论述了实践的拿来主义是以“契合主体需要”为关键，是科学认识与实用需要相统一的；而拿来主义的运用又可区分为有益类型和有害类型两大类，即实践的拿来主义有着真正的拿来主义及其变形的复杂情形。基于这样的理由，我们认为：实践的拿来主义的根本特点是知难行亦难，也就是认知维艰而行之尚勇。

在东西文化的交流和文化遗产的继承中，拿来主义的运用是

一种极为普遍的现象。比如“拿破仑干脆将中国的科举制度移植过去，经过不断改革与完善，已经形成今天发达国家普遍采用的文官制度。”（西方汉学家菲立普·高察语）殊可留意的是，与这一内容相关的，孙中山认为科举考试制度与监察制度等等是中国文化的精华，他说：“英人首倡文官考试制度，实取法于我，而德法继之。”又如有些西方企业家出于实用的目的而研究中国传统文化，他们用《孙子兵法》管理工厂，用儒家学说治理企业等。再如“有人认为，日本经济的奇迹，应归因于西方技术与孔子伦理思想的结合，不是没有道理的。”[1]“西方技术与孔子伦理思想的结合”促成了日本经济的发展，这一论定对拿来主义的重大价值是多么有力的肯定。还有，权威性格曾是日本传统文化的重要特征，而日本在近代化过程中，摄取了西方文化重视个体意见的要素，他们“将传统的权威性格和西方文化重视个体的要素巧妙地结合在一起。”[2]

拿来主义的运用具有普遍性，这是明显的事实。但是拿来主义的普遍运用，丝毫也不意味着对外来文化和古代文化遗产的吸收与采用是轻而易举的事。福泽谕吉写道：“应该适当地汲取外国文明，研究本国的人情风俗，根据本国的国体和政治制度，选择其合乎国情者，当取则取，当舍则舍，这样才能调和适宜。”[3]这段话可理解为福氏对“拿来主义”一种很有见地的诠释。福氏

1 匡亚明《孔子评传》407页。
2 1988年1月6日《光明日报》·《日本近现代文化发展的启示》。
3 福泽谕吉《文明论概略》11页。

关于吸取外国文明有着大量论述，其中有一警句尤其值得我们记取：“文明的外形易取而文明的精神难求。”[1]拿来主义的根本特点是知行皆难。福氏关于难求的是“文明的精神”这一深刻思想，进一步说明了吸取西方文明之所以困难，在于假若行为主体未能正确区分文明的外形与文明的精神，那么他会因舍本逐末而达不到预期的目的。

本篇论说拿来主义之难，其目的在于使人们知难而进。知难而进的人们才是拿来主义的发扬光大者。运用拿来主义而想要达到得益、生利、邀功的预期目的，除了对“契合主体需要”务必做关键性考察之外，还需要自觉地意识这一要点：认准对象的客观真实价值和作为主体的人应预先获取足以揭示客观对象内在规律的科学认识。要而言之，契合主体需要和对客观对象的科学认识，这是拿来主义题中的应有之义。

1989年9月作

1 福泽谕吉《文明论概略》13页。

命运的变与常

人的命运由什么决定？是神定，命定，还是人定？命运是由个人的所作所为决定的。可是所作所为是一个内容宽乏的词语。民谚曰：活到老，学到老；活到老，做到老。由此可知，学习与做事，诚然是贯穿人之一生的人生基本内容。因而要从人生基本内容这一层面对命运作出立论，我们须要对“所作所为决定命运”进行修正以作出新论断：学习与做事决定命运。

笔者以为，本篇提出的“学习与做事决定命运”，是一个不坏的命题，而视频传播的“今天不辛苦，明天就命苦”，是一个极好的警句。这里不妨将两者略作比照。今天不辛苦，明天就命苦，这一警句所包含的完整内容是：一个人是否付出辛苦，一定关联着他自身之命的甘甜或悲苦。“不辛苦就命苦”这样的励志名句，犹如鸣鼓撞钟般告诫人们：命之甘苦，系于辛苦——欲求好命，必付辛苦；不付辛苦，何怨命苦！由此看来，这警句似乎是主张“辛苦决定命运”，与本篇命题确有相通之处。至于“学习与做事决定命运”这个命题，其内容显然较为厚重而繁复，无法仅用寥寥数语就讲清该命题的丰富内涵，因而需要作出足够充分的探讨说明。人所共知，命运是错综复杂的，各式各样的。命运因其过于繁复，似乎难以论说；但命运就其“两极”而言，还是可以考量的。——基于这一认识，我们以为：个人的好学敬事铸成好命运，个人的厌学混事（甚至欠学疏事）铸成坏命运。这里，所谓“好学”是指勤学且学而优以广知卓识，所谓“敬事”是指认真尽心尽力做事。而厌学混事正好跟好学敬事截然相反，因而懂得了好学敬事的含义，也就不难懂得厌学混事具有何种含义。至于本文中的欠学疏事，颇有一些特定含义：所谓“欠学”不是指其人不学无知或少学浅薄，斯语略指其人能以文韬武略谋天下，只是于“人君善变”一端欠卓识这样的稍有瑕疵之意；所谓“疏事”不是指其人做事不精细干练，这一词语乃是略指其人稍有不明以致百事细密而一事疏漏。简而言之，所谓欠学疏事，特指：其人文韬武略足以传颂后世，只是于“人君善变”一端欠卓识，以致百事细密而一事疏漏。

我们先说历史人物的命运之生成及其起伏，后说现时普通人的命运之生成及其转换。

某些建功立业的历史人物，往往先以好学敬事赢得自身辉煌命运，后以欠学疏事招祸而败运。我们将前者称为命运的常数，后者称为命运的变数。

春秋晚期的范蠡、文种，以非凡的才学佐勾践兴越灭吴而功成名就，两贤于建功立业中收获自己的辉煌命运。然而此时这一辉煌命运乃命运的常数，命运往往另有变数。范蠡深知越王可同患难不可同富贵，于是自动引退浮海去陶，尔后又以经商成就巨富，而文种以前时所建功业自足，却不知时移则事异竟被杀。范蠡与文种因为其一识变其一不识变而有祸福不同的遭际。文种如果识变，如果深谙时移事异之玄机，他就该作阶段性调整；而面对虎狼之主越王勾践进行调整的最佳方案，莫如学学范蠡的三十六计走为上计。可是文种不识变，本该离去却痴心留守，因而此时此地的文种说到底难免有欠学疏事之瑕疵。

时下有“阅读改变命运”，“性格决定命运”种种说法。诸说虽有一定道理，但都不能圆满回答命运之变数与常数的困惑问题。韩信以饱读兵书并善于将兵用兵而成就一代名将，张良以得黄石公书进而用来佐刘邦定汉业。然而韩信于天下大定之际与叛臣联手谋反而被诛，张良不以封侯为贵而激流勇退，他的高洁胸怀令后世仰慕不已。韩信招祸的根由在于：不识变且联手叛臣谋反。如果韩信识变，他应该在天下大定之时低调处世，不怀非分之想去联手叛臣谋反；谋反是人主的大忌，臣下犯此大忌，就是自取其祸。因而人们可以比较容易懂得：韩信的招祸而败运是其果，他的欠学疏事才是因，果由因而来。

需要说明的是，某些历史人物如文种、韩信，由于自身某种不足难逃招祸败运之命，这不过是命运之变数，而其命运之变并不能抹去他们曾经有过的辉煌。至于功成身退之圣者如范蠡、张良，他们在别一时空的新作为，乃是他们再一次强力迸发的耀眼光芒。

这里有两个现成名句，可以用以加深人们对英雄人物建功立业的认识：一是：时势造英雄，此言意在指明英雄的成功、成名，时势有孕育、造就之功；二是：英雄不问出处，此言旨在凸显世人注目看重的，是英雄所建树的非常业绩。所以英雄不问出处，其实是这样一个意思：对英雄，不问其出处，只问其建树。而英雄本人平生养成的不拘常规的好学敬事，无疑是英雄藉以建树其非常业绩的根据所在。

现在来说现时普通人的命运问题。顺便交代一下，我们使用现时普通人这一概念，这就排除了诸如富二代、官二代那样的特殊群体。

大家知道，作为个体的人乃家族链条之一环，个人跟家庭诚然脱不了干系，因而家庭对个人的命运会有一定的影响。——基于这一事实，为尽可能周全地诠释问题，我们在考察现时普通人的命运时将不撇开家庭因素。由于家庭因素必然介入个人命运的铸就，我们对命运的“两极”作如下论定：

好命运由一定的家庭因素与个人的好学敬事之和铸成；坏命运由一定的家庭因素与个人的厌学混事之和铸成。——这里，有两个要点须略作说明：

第一，个人的好学敬事（或厌学混事）对个人自身之命运具有主要的、决定性的作用，而家庭因素对个人命运之吉凶的作用则是次要的、非决定性的。

第二，一个人是好学敬事，还是厌学混事，这两者都取决于个人自己、不取决于家庭因素；而家庭因素对个人的好学敬事或厌学混事的影响作用，不过是使之得以增强或减弱。

我们还顺便指出：好学敬事铸成好运，——此说与当今流行的一个响亮口号“教育成就未来”，有异曲同工之妙。

对命运就其两极进行考量，现时普通人的命运问题，概略讲来，大致有四种情境：

其一，长于小康之家，加以个人的好学敬事，这会是：其人学有所长业有所专且从小浴福，以此可铸成好命运；

其二，长于贫贱之家，加以个人的好学敬事，这会是：其人学有所长业有所专而少小遭忧，藉此会生成较好命运。

其三，长于小康之家，加以个人的厌学混事，这会是：其人少有专长、怕付辛苦，而从小浴福，以此则育成较坏命运；

其四，长于贫贱之家，加以个人的厌学混事，这会是：其人少有专长、怕付辛苦且少小遭忧，藉此则酿成坏命运。

上文四种情境之某一种，就是普通人的个人命运之常数，普通人的个人命运也有变数。如果尘世生活的幸运儿不珍惜自己的拥有，不珍惜自己所获取的好命运而走向歧途，比如参与豪赌输光家产，比如吸毒，比如酗酒纵欲等等，那么原先的幸运儿就会变成败家子而无以为生；反之如果原先嗟叹命运不佳的浪子混混能痛定思痛，决心改弦更张、发奋图强，重新打造自己的新生活，那么原先的浪子混混就会时来运转，就能渐渐稳步进入社会生活的正常良好轨道，而重新过上称心如意的好生活。

普通人的个人命运之常数向变数的转化，其实是个人命运的一种转换，即由个人命运四种情境之某一种转换成另一种。

总而言之，言而总之，怎样学习，怎样做事决定命运的辉煌或灰暗。有学者严肃指出，人生只有一个规律，叫做自作自受。此言甚善。好运光临，是自作自受；坏运伴身，也是自作自受。当然，这是就一般规律而言，至于个别例外不在其内。对于个别例外，人是无奈其何的。

2010年6月作

关于阿Q典型问题的思考

一、问题的提出

在典型问题与阿Q形象的理论分析中，如果我们稍加留意，便可发现几乎到处存在着无法解释清楚的问题。试举两例：

其一，“阿Q身上的精神胜利法……从它的共性来说，它又的确概括了鸦片战争以后的中国封建统治阶级及其士大夫的精神胜利法。而且不止于此，它还概括了这个时代以前和以后的许多处于没落时期的剥削阶级的人物的精神胜利法，还概括了这个时代以前和以后的一部分落后的人民的精神胜利法。”（何其芳《文学艺术的春天·序》17页）

这段论述似乎很有可取之处，其实在逻辑上在概念上都是十分矛盾、十分混乱的。

既然阿Q的精神胜利法“概括了封建阶级的精神胜利法”，那么阿Q的精神胜利法的阶级本质是剥削阶级的，但这一段文字又说阿Q的精神胜利法“还概括了一部分落后的人民的精神胜利法”，那么这“落后的人民的精神胜利法”的阶级属性就该是被剥削阶级的，于是从那一段矛盾的论述中，我们只能作出这样的归纳：阿Q的精神胜利法既概括了剥削阶级的阶级本质，又概括了被剥削阶级的阶级本质。因此，阿Q的精神胜利法成了有两种阶级本质的怪东西。

其二，“还有一种典型……其性格特征的某些方面的阶级属性却比较难于确定。如对诸葛亮的智慧、阿Q的精神胜利法的阶级属性的争议……”（《文艺学研究论丛》栾昌大《典型问题探讨》11页。《社会科学战线》编辑部编）

诸葛亮的智慧、阿Q的精神胜利法，为什么这些性格特征会使某些论者感到难于从理论上加以说明呢？因为一方面智慧的性格，精神胜利法，事实上普遍地存在于各不同阶级人们的身上，——也就是说，这些性格特征有一种“超出”阶级性的东西。可是另一方面，根据“性格＝阶级性”的公式，人们往往又不得不把智慧的性格，精神胜利法完全纳入到阶级性中去，——这则是人为地不许这些性格特征有一种“超出”阶级性的东西。如是，客观上存在着“超出”阶级性的东西，主观上却企图“抹去”超出阶级性的东西，从而客观与主观之间便产生了不可克服的矛盾。

上述情况表明，我们在典型理论问题上确实遇到了困难。要排除这个困难，关键还得从解决典型共性是多种多样的，说明人们具有某种相同的性格特征着手。

二、不同阶级的人们有某种相同的性格特征

为了消除阿Q、诸葛亮这样的典型的争议意见，我们需要探求并证明不同阶级的人们有某种相同的性格特征。

新近出版的《心理学》关于性格的阐述是这样的：

“人的性格就其内容的总体来说，在阶级社会里，往往会打上阶级的烙印。然而并不是所有性格特点都是阶级关系的反映，

有的性格特点同样表现在不同阶级的成员身上。”（伍棠棣等主编《心理学》，人民教育出版社 1980 年版）

“有的性格特点同样表现在不同阶级的成员身上”——对性格从理论上作如是论定是实事求是的。

鲁迅的论述是这样的：

性格、感情等“一定都带着阶级性。但是‘都带’，而非‘只有’。”（《鲁迅全集》136 页）

鲁迅的这个论断包含两层意思：

第一，性格、性格特征是带着阶级性的；

第二，性格、性格特征，除了“带着阶级性”之外，还有“别的东西”“别的内容”。

需要说明的是，这第二层意思，鲁迅是用高度概括的“但是‘都带’，而非‘只有’”来表达的。把鲁迅的意思说得更明白一些，就是：性格、性格特征除了“带着阶级性”之外，还有不属于阶级性的具体内容，也就是说，性格特征既有“带着阶级性”的一面，又有非阶级性的另一面。

丹纳有一段论述有助于我们理解并证明性格特征的共同性。他写道：“人具备的性格显然是多多少少有益的，或者是有害的，或者是混杂的。智力与意志，是人的两种主要机能，一切意志与智力的特征能帮助人的行动与认识的，便是有益的，反之是有害的。有益的性格特征是我们应当努力获得的。不仅一切有关智力的部分，如明察、天才、智慧、理性、机智、聪明，并且一切有关意志的部分，如勇敢、独创、活跃、坚强、镇静，都是构成理

想人物的片断。”（丹纳《艺术哲学》376 页）

应该指出，丹纳的缺陷是不懂得性格的阶级性一面。然而丹纳的论述又确有深刻的，可为我们所吸取的东西：第一，他把人的性格概括划分为“有益的”，“有害的”和“混杂的”三种类型；第二，他指明有益的性格特征“能帮助人的行动与认识”，有害的性格特征则相反；第三，他认定理想人物应具备各种有益的性格特征。——他所提供的这些思想很值得我们深思。

现在如果我们把鲁迅关于性格的论述跟丹纳关于性格的论述结合起来，把阶级性跟丹纳关于性格的论述结合起来，我们就可以得到关于性格的如下两点结论：

一、性格可划分为有益的性格特征和有害的性格特征等。

二、有益的性格特征，一方面有着阶级性，另一方面有着非阶级性，——一种“积极的品格”；反之，有害的性格特征，一方面有着阶级性，另一方面有着非阶级性，——一种“消极的品格”。（附带作一点说明：丹纳把有益的性格特征与有害的性格特征相对立，这使我们考虑到，性格特征中的非阶级性因素，就有“积极的品格”和“消极的品格”的对立，从而有益的性格特征具备着一种“积极的品格”，至于有害的性格特征则具备着一种“消极的品格”。）

在分析性格的时候，把阶级性和性格特征的“积极的品格”（或“消极的品格”）加以区分，这是非常必要的。此如，在诸葛亮身上，他的智慧性格是极其突出的。诸葛亮的智慧和劳动人民的智慧不应该完全等同。诸葛亮的智慧是从他为兴复刘汉王朝而努力的全部活动中表现出来的，因而他的智慧有着明显的封建地主阶级的特征，他的智慧不能不带有封建地主的阶级性。但是诸葛亮身上的智慧并不仅仅是阶级性，他的智慧还有非阶级性的方面，还有作为“积极的品格”的东西。正是诸葛亮智慧中的“积极的品格”，历来为我国劳动人民十分向往。劳动人民向往诸葛亮的智慧，就是向往他智慧中的那种高度的辨析判断能力与异乎寻常的又灵活又正确解决各种复杂事物的能力——这样的能力就是智慧这种性格特征的一种可宝贵的“积极的品格”。

至于表现在劳动人民身上的智慧，当然首先有劳动人民的阶级特征，但是劳动人民的智慧也有非阶级性的方面。劳动人民的智慧的“积极的品格”的基本内容，难道不也是那种精确的辨析能力与令人惊叹的灵活，正确解决事物的能力吗？

总之，诸葛亮的智慧跟劳动人民的智慧是又相同又不相同的。就整体而言，就各自不同的阶级性而言，两者是不相同的；就部分而言，就智慧所包含的那种“积极的品格”而言，两者又有相同之处。

把上面的叙述归纳起来，就是：各不同阶级的人们可以有某种相同的性格特征。把性格特征剖分为一方面是阶级性，另一方面是“积极的品格”（或“消极的品格”），这在理论上是必要的；所谓性格特征的相同乃是性格特征的“积极的品格”（或“消极的品格”）的相同。

三、从典型的种种共性，归结到阿 Q、诸葛亮等文学典型的含义赖应棠同志说："阶级性、阶层性、时代性、民族性、职业共性等等，我认为就是典型共性的内容。"（《辽宁大学学报》一九七九年第二期《再论典型的共性》）对典型共性的内容持这样的意见，我们是赞同的。我们在前面又试证了人们有某种相同的性格特征。于是，典型共性所包含的内容就有：阶级性、阶层性，某种相同的性格特征，时代性、民族性、职业共性等等。

明确了典型共性的内容之后，还要把典型是"阶级的代表"和典型是"普遍性格的代表"这样的对立提法统一起来，然后才可以归结阿Q等文学典型的含义。

赖应棠同志写道："总之，典型是阶级、阶层的代表，还是一种普遍性格的代表，这是一个原则的分歧。"（《文艺学研究论丛》《再论典型》55页）

我们认为，"阶级的代表"和"普遍性格的代表"是可以统一起来的。典型首先是阶级、阶层的代表。同时还可以是一种普遍性格的代表。典型作为阶级的代表是就某个典型的全部特性和整个性格来说的。而作为普遍性格的代表，是就典型形象的一个具体性格特征，更确切地说，是就典型形象的某种相同的性格特征来说的。（这两个对立的提法可以统一起来的意见后面还要说到。）

恩格斯在给敏娜·考茨基的一封信中写道："……每个人都是典型，但同时又是一定的单个人。正如老黑格尔所说的，是一个'这个'，而且应当是如此。"

根据恩格斯关于典型形象的精辟论述，基于已论定的关于典型共性的内容，我们可以对诸葛亮、阿Q这样的文学典型作出如下归结：阿Q、诸葛亮等文学典型，都是一个“一定的单个人”，即独特的艺术形象，这个独特的艺术形象从属于一定的阶级，具有在特定社会生活环境中形成的特殊的性格；这个独特的艺术形象，既是阶级的一种典型，又是一个普遍性格的代表。——这就是我们所归结的阿Q、诸葛亮等文学典型的含义。

《三国演义》中的诸葛亮，是一个独特的艺术形象。诸葛亮作为一个地主阶级政治家，他既不同于周瑜、曹操，又不同于庞统、徐庶，作者通过塑造诸葛亮这个艺术形象，创造了地主阶级的一种典型，——在这种典型身上，具备着为地主阶级的统治利益而尽忠竭智的性格特点。与此同时，诸葛亮作为一个足智多谋的人，他和任何一个智者都不同。他在非常情况下出于神机妙算安排的一座空城，可以使深谋远断的司马懿退兵解围而去；他在五丈原星落归天之后，往日运筹帷幄的余威，犹能收到“死诸葛吓走活司马”的奇效。作者正是通过这样一个独一无二的富于智慧的艺术形象，写出了一切智者的典型特点。何其芳同志的“共名”说是有道理的。诸葛亮是一个独殊的艺术形象，他既是一个为地主阶级利益尽忠竭智的阶级典型，又是一个智慧的化身。作为智慧的化身，诸葛亮是一个普遍性格的代表，是一个共名。

再说《阿Q正传》中的阿Q。他是一个农民，但又不同于任何一个农民。他有自己独特的经历、命运、遭遇，有其独特的生活方式和思想方式，有其独特的与众迥然有别的个性与行为。在未庄，阿Q与小D的社会阶级地位彼此相当，小D是候补的阿

Q（鲁迅又称小 D 为“小同”），但阿 Q 又不同于小 D，鲁迅正是通过塑造阿 Q 这样一个独特的艺术形象，创造了被压迫农民中消极麻木的一种典型。作为一个有着浓厚精神胜利法的人，阿 Q 和任何一个“精神胜利者”不同。当残忍的统治者给阿 Q 拿来罪恶的判决书，要他在纸上画花押的时候，阿 Q 惶恐之余，便是立志要将圆圈画得圆，但是终于圈而不圆。对于这样一件憾事，他又用“孙子才画得很圆的圆圈呢”的精神胜利法使自己得以释然。作者正是通过这样一个独一无二的有着极浓厚的精神胜利法的人物形象，写出了那些喜好或习惯于采用精神胜利法的人的典型特点。阿 Q 是一个独特的艺术形象，他既是农民的一种典型，又是一个普遍性格的代表，是一个“共名”。

总之，诸葛亮既是地主阶级政治家的一种典型，又是一个智慧的化身。——从这样的智慧化身上面，人们看到了智慧的巨大的能动力量。阿 Q 既是被压迫农民的一种典型，又是一个有着浓厚的精神胜利法的消极形象。——从这样的消极形象上面，人们看到了精神胜利法的腐蚀人灵魂的消极作用。

典型只有首先是阶级的一种典型，然后才有可能成为一个普遍性格的代表，一个可以广泛流行的共名。有了作为地主阶级政治家的一种典型的诸葛亮这个独特的艺术形象，然后才有作为智慧化身的诸葛亮；有了作为被压迫农民的一种典型的阿 Q，然后才有作为精神胜利者共名的阿 Q，然后才出现了阿 Q 即是精神胜利法的代名词那样一种情况。由此可见，典型的共名说是可以成立的，它毫不影响艺术典型作为阶级的一个成员存在并活动于艺术世界的广阔领域。对此，我们根本无须存有任何疑虑。

四、阿Q这个典型的美学意义和现实根据

阿Q的精神胜利法至今仍然是一个无法理解的幽灵。由于精神胜利法得不到正确的解释，于是便在理论上出现了分歧和混乱。

比如，认为阿Q是一个农民的论者，从农民应有农民阶级的本质特征出发，可以指责作者歪曲了农民形象；而把阿Q说成是一个“特殊人物”的论者，则硬说阿Q没有被压迫农民的革命要求。阿Q甚至成了想要爬上剥削阶级去的投机狂和复辟狂，如此等等。

关于说阿Q是一个特殊人物的意见，这里略引两小段：

“阿Q是一个落后的不觉悟的农民，但又不是一般的落后的不觉悟的农民，而是一个从剥削阶级降落到雇农地位，而依然保持着剥削阶级思想、感情和性格的特殊人物。”

“阿Q没有被压迫农民的革命性，怎么会有被压迫农民的革命要求？阿Q的所谓革命要求，不过是要借革命之力重新爬上剥削阶级去的投机狂和复辟狂而已。”（《文艺学研究论丛》李桑牧《阿Q典型的再认识》81页和94页）

李桑牧同志的观点不见得会得到多少人的赞同，但这种观点的存在仍然应该引起我们的思考。把阿Q说成是由剥削阶级没落下来的特殊人物，是什么复辟狂和投机狂，这样的论点绝不是从分析艺术形象中得出来的，而是一种道地的穿凿附会的说法。但是为了彻底破除穿凿附会的臆想，最有成效的办法莫过于从理论上作出正确说明。

鲁迅写阿Q的精神胜利法，绝不是对农民形象的歪曲，而是出于对一种消极现象的痛心疾首的批判。鲁迅通过自己的创作实践，成功地艺术地描绘了“一种丑的东西”，而其崇高的艺术目的是要人们彻底清算这种奇丑无比的消极现象。

车尔尼雪夫斯基在《论艺术对现实的美学关系》一文中指出：描绘一副美丽的面孔，与美丽地描绘一副面孔，是完全不同的两回事。

这一精辟的美学原理告诉我们：仅仅是“描绘”一副美丽的面孔，由于缺乏艺术匠心和创造活力，所产生的作品不具备艺术美，不能成为真正的艺术品；而“美丽地”描绘一副面孔，由于作品中倾注着作者的艺术匠心和创造活力，所产生的作品总是蕴含着艺术美，必然成为人们喜爱的真正艺术品。——不管这副面孔（原型）是美的还是丑的。

鲁迅描写阿Q的精神胜利法，不属于“描绘”一副美丽的面孔一类。我们由这个美学原理得到启发，可以毫不迟疑地说：描写具有反抗的积极性格的人，与艺术地成功地描写具有消极麻木性格的人，是完全不同的两回事。因为前者如果描写的不甚得法，忽视了艺术实践的创造性因素，其结果是并不产生艺术珍品；后者则由于作者进行了匠心独运的创造而获得艺术上的成功，其结果是为人类提供新的艺术珍品。

如果我们真正懂得了“美丽地描绘一副丑的面孔”，或艺术地成功地描写具有消极的麻木的性格的人的美学意义，我们在对阿Q形象的正确理解方面就会前进一大步。

《阿Q正传》的成功，固然有着诸方面的众多因素，但毕竟是与鲁迅艺术地成功地描写了人们往往要嗤之以鼻的精神胜利法分不开的。鲁迅用自己的创作向人们证明，艺术地成功地描写“丑的东西”可以创造一种“艺术美”。鲁迅描写了阿Q身上的丑的东西，但又不只是描写了这种丑的东西。鲁迅的令人钦佩与使人惊异之处，是他在突出地描写阿Q的消极麻木的一面，描写阿Q身上的丑的东西的同时，一点也不会心不驭手地随意抹掉阿Q内在的反抗与向往革命的另一面，阿Q身上潜藏着的那积极的因素（关于这方面的内容在往后的论述中还要进一步阐发）。

精神胜利法是消极可耻的，鲁迅描写了阿Q性格中这种消极现象却是符合生活真实的，符合现实主义创作原则的。《阿Q正传》是写农民的，农民可能具有反抗的积极的性格，也可能具有消极的麻木的性格，这两种情况都可以是现实的存在。虽然有消极的麻木的性格的农民的存在是有条件的、暂时的，但是当造成那种性格的社会条件还存在的时候，具有那种性格的人生活在一定的历史时期乃是形势使然的现象——而这历史时期是相当久长的。农民中存在着具有反抗的、积极的性格的人，也存在着具有消极的麻木的性格的人，这是一种社会历史过程，而文艺的任务就在于反映这一历史过程的各个方面，——文艺既反映在特定历史条件下活动着的具有反抗的积极的性格的人，也反映在特定历史条件下活动着的具有消极的麻木的性格的人。如果文艺在反映生活的本质的时候，只反映前一种情况，而拒绝反映后一种情况，这只能说明，文艺对自己的工作对象，即对丰富多彩的社会生活现象，缺乏全面的深刻的理解。

鲁迅在《阿 Q 正传》中描写了具有消极麻木性格这一类型的农民，不仅是无可指责的，而且因为其获得巨大的成功而在中国现代文学史上矗立起了一座伟大的丰碑。只要我们实事求是地探讨阿 Q 这一形象，分歧并非不能消除。而阿 Q 这一形象的分歧主要集中在对精神胜利法的解释上面。

我们认为，精神胜利法作为一种性格特征是可以“一分为二”的，精神胜利法一方面有着阶级性，另一方面有着一种“消极的品格”。小说形象而翔实地描写到凡是阿 Q 求救于精神胜利法的时候，总是在他遭到了真的失败的时候。比如，阿 Q 被他的敌手痛打之后，他无力还手，无法洗刷自己身上的屈辱，他在事实上遭到了失败。这失败本来是不能掩盖的，但是阿 Q 却以“儿子打老子”这样的“妙语”来转败为胜，陶醉于打人的是儿子，被打的是老子，于是阿 Q 在虚幻中取得了胜利。所以，将事实上的失败，莫名其妙地转换成虚幻的胜利，以求得虚幻的满足，使人在虚幻的胜利、虚幻的满足中无视且忘却事实上的失败，无视且忘却受损害受凌辱的境遇，这就是精神胜利法的“消极的品格”的具体内容。而这样一种“消极的品格”当然是十分有害的。各不同阶级人们身上的精神胜利法有没有相同之处呢？应该有的。各阶级的精神胜利法的共同点就在这“消极的品格”上面。

我们认为，作为性格特征的精神胜利法是阶级性和“消极的品格”的统一体，这是一种探讨性的远非完善的解释。但是这一解释比起某些大而无当的说法可能较为切实。流行的一种有代表性的意见，认为精神胜利法是没落统治阶级的精神产物，这种意见除了指说精神胜利法具有阶级性之外，没有实在的具体的内容；严格说来，它什么也没有向我们解释清楚。比如，我们本来想要别人告诉自己，某件东西有什么样的特性和效用，可是那人只说某件东西是某个工厂的一种产品。说精神胜利法是没落统治阶级的精神产物的缺陷正与此种答非所问相类。

五、怎样具体看待阿 Q 的阶级性

想要深刻认识阿 Q 这个典型，除了要正确解理解精神胜利法之外，还要准确具体地认识阿 Q 的阶级性，还要具体辩证地理解阿 Q 身上的阶级性的作用问题。

分析阿 Q 这个艺术形象，根本不能得出阿 Q 是什么“特殊人物”、“投机狂”、“复辟狂”之类的结论，而只能得出阿 Q 确实是一个被奴役在最底层的被压迫者，阿 Q 的农民阶级性是一种客观存在这样的结论。不过对阿 Q 的阶级性需要作出具体的说明。

阿 Q 的阶级性，阶级意识是阿 Q 内在的本质。阿 Q 的阶级性，特别是阶级性的主要方面（如反抗性与革命要求）往往潜藏着、隐伏着，并不显著表现出来。

分析小说描述的阿 Q 形象，我们可以得到如下结论：阿 Q 的阶级地位决定他拥护真正的社会革命，拥护社会革命是阿 Q 农民阶级性的主要验证。

阿 Q 这样一个勤劳、质朴的农民，不仅“真能做”，而且无活不做——“割麦便割麦，舂米便舂米，撑船便撑船”，他本应获得自己生存的权利，可是在那充满着地狱般黑暗的未庄，他终于被敲诈盘剥得只剩“一条万不可脱的裤子”，终于丧失了任何维持生计的指望——谁也不要他做工了；对于以出卖劳动力来维持自己可怜生活的阿 Q，残酷的现实迫使他走到了没人买他廉价劳力的绝路，这时的阿 Q 除了做做“在门口接东西”的小偷儿的角色，已经无以为业了。他不但在物质上赤裸裸的一无所有，而且连姓氏与人情温暖也一无所有。未庄的人只有在要他做活和想取笑他的时候，才想起他来；阿 Q 因为仅仅说一次他自己也姓赵的糊涂话而招来横祸，被暴虐的赵太爷训斥为“不配姓赵”并“赏”了他一个重重的嘴巴。鲁迅通过对这些事例的生动描述，勾勒了一幅阶级社会中残酷压迫、残酷剥削的鲜明图景。揭示了农村阶级关系的尖锐对立，这种对立关系的尖锐激化程度，已经浓烈到大有一触即发之势：只要有人点起一把革命大火，赵太爷们的统治殿堂就会在熊熊大火中化为一片焦土。鲁迅的笔触是高度概括和异常含蓄的，小说第八章所描述的赵家遭抢劫一节颇是耐人寻味。对于地主豪绅的破财，阿 Q 和未庄的下层群众大抵很是快意。对于压迫者的倒霉、破财，阿 Q 和未庄下层民众感到快意，感到高兴，这是很自然的，必然的。这是被压迫者对于压迫者的愤恨之情的一种由衷流露。由此一端，便可断言：如果被压迫被奴役的阶级有朝一日真要来革赵太爷这一类压迫者的命的话，阿 Q 和未庄其他被压迫群众，必将真心拥护而无不拍手称快。

我们通过分析说明了阿 Q 的社会阶级地位跟他必然拥护真正社会革命的内在联系。但是还应指出：在革命风暴刮向未庄之前，这种与阿 Q 的阶级地位相一致的阶级意识和抗争行为，在阿 Q 身上的表现是并不多见和很不显著的。

六、阶级性起不起主要的支配的作用

赖应棠同志说："阶级性、阶层性、时代性、民族性、职业共性，等等，我认为就是典型共性的内容，而其中主要的，起核心和支配作用的就是阶级性和阶层性。"（同前《辽大学报》《再论典型的共性》）

"阶级性起主要的支配的作用"，——这个命题实际上是含糊不清的，甚至包含着形而上学的成分。

问题的全部关键是：阶级性起不起主要的支配的作用，需要看具体的条件，具体的环境。

农民阶级阶级性的主要内容是对地主阶级的反抗性和政治上的革命要求。如果按照形而上学观点来观察问题，就会得出这样的结论：每一个农民，既然他具备着阶级性，因而不管他是觉醒的还是落后的，他在任何时候都应该金刚怒目地向地主反抗。但是在现实生活中，却只有唯物辩证法才能正确解答实际问题。一切依时间、地点、条件为转移，这是辩证法的基本原则。

鲁迅通过阿Q这个艺术形象，具体生动地给我们揭示了：阶级性在阿Q身上并非无条件地都起主要的支配的作用；外界环境如何演进与发展对阿Q性格之转机、变化以至根本改变有着至关重要的作用。

在阿Q身上无可怀疑地存在着农民的阶级性，但是生活于如同一潭死水的未庄环境中的阿Q，他虽然身上承受着阶级压迫、阶级剥削的重压，但他由于因袭着剥削阶级的思想意识和各种落后思想意识的重负，在剧烈的社会大变动到来之前，阿Q只是作为一个消极麻木的农民存在着，面对着不断袭来的凌辱和压迫，面对着残酷的剥削，他不但不奋起反抗，而且把精神胜利法当作克服怨敌的妙法。所以，在万马齐喑的社会环境中，在病态昏死的未庄，阿Q这样一个消极落后的农民，他的阶级性，他的反抗的、积极的一面不起主要的、支配的作用，相反地，他的落后的思想意识，他的愚昧麻木，他的精神胜利法起着主要的、支配的作用。

然而鲁迅笔下的阿Q，他的消极性格并非一丁点转机的征候都没有，他的突出的性格特征精神胜利法并非一成不变。阿Q性格的变化，有待于客观环境的变动与发展。

我们在小说中看到，当辛亥革命的潮汛波及未庄土地的时候，未庄社会环境起了一定的变化。阿Q这样的被压迫者，看到革命竟使地主豪绅、举人老爷惶恐不安，便本能地意识到革命对自己有利，“殊不料这使百里闻名的举人老爷有这样害怕，于是他未免也有些‘神往’了”，“‘革命也好罢’，阿Q想，‘革这伙妈妈的命，太可恶！太可恨！……便是我，也要投降革命党了。’”在革命使自己的对头地主豪绅害怕，使他们倒霉的新的情势下，阿Q感到了快意，阿Q得意起来了，于是他情不自禁地嚷道：“造反了！造反了！”我们完全有理由说，阿Q的“神往”革命，正是他的阶级性在革命潮汛推涌上来的时候的必然表现。

由此可见，辛亥革命影响所及，使未庄社会环境有了某种变动，使阿Q消极性格、精神胜利法有所转机、变化，使阿Q的农民阶级性有所昂扬。但是未庄社会环境的这种微弱变动，仍然不能使阿Q的农民阶级性起着主要的支配的作用。

最后还应该谈谈，究竟需要具备什么样的条件，阿Q的阶级性才能起到主要的支配的作用。

我们说只有未庄的社会环境得到根本的改造，阿Q的阶级性才能起到主要的支配的作用。阿Q或阿Q们得到新生，关键在于社会条件起决定性的变化。假如未庄的这一个阿Q没有被杀害（当然阿Q的死并不能影响我们说明问题，因为阿Q不是只有一个。在鲁迅笔下的旧未庄，与阿Q进行过一场“龙虎斗”的小D，他是会沿着阿Q的足迹前进的，无论是阿Q，还是小D，他们总是旧未庄的旧阿Q），假如阿Q或小D能活到一九四九年，那时未庄（还要说明一点，即未庄也在解放了的新中国土地上）也无例外地获得了解放，那时在未庄也要演《白毛女》歌剧，那时赵太爷之流的统治者们也必定要被愤怒的群众从原先的统治宝座上推倒下来，而受压迫的阿Q、小D、吴妈们当上了新社会的主人，并且他们会不断受到革命新思想的滋润。这样，社会解放，情势异变，促使阿Q们那消极的性格特征得到重大改变的社会条件就具备了。

这样说来，描述阿Q们的性格的进一步发展，他们的精神胜利法出现决定性的转变，这应该是《阿Q正传》的续篇才能负担的任务。因为只有当阿Q们遇到了一次真正的社会革命，他们的阶级性才会得到进一步引发而更加昂扬起来，他们的积极的反抗的一面才会得到进一步的发展，他们的落后的消极因素才会或快或慢地消溶淡化以至消除涤净。所以，只有当真正的社会革命降临未庄大地（如一九四九年党领导的新民主主义革命的胜利）的时候，阿Q或阿Q们的阶级性方才能起到主要的支配的作用；只有在未庄大地整个地翻了一个身的时候，阿Q或阿Q们的性格特征才可指望出现决定性的转变，阿Q们才有可能成长为一个新型的、积极的农民。

1981年1月作

晁盖遗言与艺术真实问题

《歌德谈话录》有这样一段话："一般地说，我们都不应把画家的笔墨或诗人的语言看得太死、太狭窄。一件艺术作品是由自由大胆的精神创造出来的，我们也就应尽可能地用自由大胆的精神去观照和欣赏。"（《歌德谈话录》第137~138页）在这篇谈话里，歌德用自然、绘画和文学作品中生动具体的事例来说明他的基本美学观点，艺术要服从自然，也要超越自然。

歌德说明的这个重要美学观点，我们也可以从《水浒》塑造的晁盖艺术形象找到例证，从而加深对艺术要服从自然、超越自然这一美学观点的理解，加深对艺术真实理论问题的理解。

《水浒》第六十回，写梁山泊军攻打曾头市时，晁盖脸上中了史文恭射出的毒箭，临终时对宋江嘱咐道："贤弟保重！若哪个捉得射死我的，便教他做梁山泊主。"

晁盖遗言存在着明显的矛盾：

其一，遗言与晁盖本人平昔言行以及宋江在山寨的地位相矛盾；

其二，遗言本身包含着积极因素与消极因素的矛盾。

先说第一个矛盾。小说第四十一回，宋江智取无为军之后，晁盖、宋江同回山寨。小说描写道：在聚义厅上，"晁盖便请宋江为山寨之主，坐第一把交椅”。而且他的话语又是何等的真诚，何等的截铁斩钉：“当初若不是贤弟担那血海般干系救得我等七人性命上山，如何有今日之众？你正是山寨之恩主；你不坐，谁坐？”

第五十五回，当呼延灼率马步三军杀奔梁山泊时，聚义厅上众头领的座次，宋江实际上也是居于几与晁盖并列的领袖地位：“聚义厅上，当中晁盖、宋江，上首军师吴用，下首法师公孙胜，并众头领各与柴进贺喜，终日筵宴。”

第五十九回，宋江闹西岳华山得胜回到山寨之后，作者的措辞达意是这样的：“次日，史进、朱武、陈达、杨春各以己财做筵宴，拜谢晁宋二公并众头领。”

小说的这些描写与交代，说明在晁盖意念中，宋江接替自己为山寨之主是合乎情理的；在梁山泊中，除晁盖之外，宋江居于无人可与匹敌的领袖地位。

然而晁盖的遗言跟上述事实大相径庭，矛盾之处过甚显明。晁盖何以出尔反尔了呢？这种出尔反尔，在实际生活中是必为人们所避忌的。若不避忌，那样的人就是言而无信、朝秦暮楚的小人。但是小说作为艺术创作，人物的一举手一投足，言语谈吐，以至重大行动，变幻莫测的命运等等，都是作者的惨淡经营和匠心安排，这又是需要另当别论的。

再看第二个矛盾。遗言不但跟晁盖平昔言行相矛盾，而且遗言本身也是错综着矛盾现象的。遗言的含义、内容及作用有如下六点：

一、在感情方面表露对史文恭的极端痛恨。

二、发展情节。遗言关涉谁为山寨之主，而小说关于究竟由谁坐山寨第一把交椅，是花了不少笔墨的。如宋江派卢俊义为前部先锋去攻打曾头市，宋江和卢俊义分头攻打东平府和东昌府等。所以，遗言推动着小说情节的发展。

三、对塑造宋江形象有着独特的作用。遗言既是刻画晁盖的，又是刻画宋江的。我们在小说的描写中看到，拘泥并遵照遗言行事是万万不相宜的，而宋江稳坐山寨第一把交椅乃是众望所归；小说在写宋江执行遗言的过程中，完成充实着宋江形象的塑造。因此，遗言固然有表达晁盖意愿的作用，更重要的却是在圆满塑造宋江形象方面起着独特的作用。

四、遗言之内容，显露出晁盖的个人恩怨重得不近情理。为了报毒箭之仇，晁盖提出擒杀史文恭以祭自己亡灵可矣！假如一定要擒史者为山寨之主，便显得晁盖将个人恩怨凌驾于山寨利益之上。

五、立下这样一个遗言，显然是要以个人意志给义军强加一位领袖。小说第六十八回，宋江为了遵照晁盖遗言，执意要让卢员外为山寨之主，众头领不服。鲁智深等大叫如果继续推让，“洒家们各自撒开！”由此可见，以遗言定山寨之主是众头领不能接受的。

六、或许晁盖察觉宋江接替自己是不适宜的，因而以此为借口想要另行确立山寨之主。关于这一点，目下还不能由作品本身的描写得到清楚的说明，姑且存而不论。

遗言的矛盾之处已如上述。

遗言既然充满着矛盾，并包含着消极方面的东西，那么斟酌其取舍利弊，是否可以摒弃不用呢？我们的回答是：舍弃不用这样的材料是缺乏艺术眼光的表现，作品的全部描写表明：遗言的不可移易性正是艺术真实的需要，遗言作为小说不可或缺的题材，其分量又是何等的厚重！

无论遗言存在着何等重大的矛盾，我们有理由认为：作者对晁盖所作的描写跟歌德关于服从自然超越自然的艺术法则是相通的——歌德的那一个有名结论是从自然、绘画和莎士名作的具体实例中归结出来的，而作为现实主义杰作的《水浒》关于晁盖艺术形象的描绘并没有超脱这样的艺术基本法则。小说关于晁盖、宋江等艺术形象的那些描写和有关故事情节的推移发展，无不以其独特性有力地证实歌德发现的艺术法则的正确深刻。在小说中我们看到，遗言表露了对死敌史文恭的极端痛恨，遗言在发展情节方面，在多角度、多层次地塑造宋江形象方面，都发挥着极为重要的作用。因而我们对遗言的矛盾现象和消极因素，根本用不着存有不必要的疑虑与顾盼，而且权衡利弊，这不可移易、功用甚大的遗言倒是非让晁盖说出来不可的。作者通过小说给我们提供的艺术范例，就是：他没有因不必要的谨慎与瞻前顾后去损害对艺术形象的真实描绘，并善于抓住情节发展中每一个良好的机缘——这是作者具备精湛的艺术胆识和运用自如的高度技巧的又一处明证。

诚然，遗言毕竟包含着消极的东西，那么晁盖的那种不近情理的个人恩怨，还有企图给义军强加一个领袖的不明智的个人意愿，这些是可以理解的吗？在一个正面人物身上存在着消极现象意味着什么，这是否符合艺术真实呢？每当头脑中冒出这种疑团的时候，我们应当认真读一读乔治·桑那一段极好的启人益智的话：

“我愿意看见人原来是什么样子就是什么样子，不是或好或坏，而是又好又坏，不过还有一点东西……——就是差异！在我看来，差异就是艺术的目的，——人既然是又好又坏，就有一种内在的力量，把他带到极坏和微好——或者极好和微坏的路上。”（北京师范大学编《文学理论学习参考资料》770 页）

乔治·桑认为，“人”不是或好或坏，而是又好又坏；并且不仅如此，这又好又坏的“人”，总是被客观的环境的力量“带到极坏和微好——或者极好和微坏的路上”。也就是说，这“又好又坏”的人，或者是以种种式式差异相区别的“极坏微好”的独特个体，或者是以种种式式差异相区别的“极好微坏”的独特个体生活于特定的社会环境之中。

乔治·桑如此精到深刻的话非常有益于对“非好即坏”僵化模式的破除。我们知道晁盖作为义军领袖确实建树过不朽功勋，在他身上具备很多优秀品质——诸如号令严明，身先士卒；急公忘私，体恤部下；嫉恶如仇，胸襟宽广；用人之长，共聚大义等等。但是晁盖仍然不是完美无缺的高大形象，天王晁盖乃是一个生动的“行进在极好和微坏的路上”的艺术形象。

关于乔治·桑那个精到概括的论断，可以有一点补充，即：

仅仅对举“极好微坏”与“极坏微好”是并不完全的，兹须补足以“亦好亦坏，不好不坏”这中间型。若将典型归类，如此概括的这“三大类”似乎可将全部典型囊括一尽，而由这“三大类”生化出以种种式式差异相区别的“极坏微好”的独特个体、以种种式式差异相区别的“极好微坏”的独特个体、以种种式式差异相区别的“亦好亦坏，不好不坏”的独特个体，生化出如此这般不可胜数的鲜明生动的千差万别的艺术典型，这就成了古往今来天才艺术家无休无止地创作、不辍刀笔地雕塑的“艰巨而光荣”的神圣使命。

我们认为，晁盖遗言是艺术要超越自然的一个例证，也是《水浒》作者艺术匠心惨淡经营的结果。这种思考绝不是一时闪现的奇想，而是可以从这部艺术杰作的全部内容与情节结构的整体构思得到有力的佐证。《水浒》的作者作为一个成熟的艺术创作家，他从来没有随意驱使过自己笔下的人物。他叙写衙役公人薛霸董超，他们没有毙命于鲁智深的禅杖，而是丧生于燕青的两支冷箭。这就相当充分地展示了统治者鹰犬爪牙恶贯满盈而终究逃脱不了无情惩罚的合乎现实逻辑的生活图景。他以浓笔饱墨所叙写的众多梁山好汉的行状遭际始终扣动读者的心弦。梁山上的许多曾经遭逢凶险祸殃的头领，如林冲、宋江、柴进、卢俊义等等，他们即使命途多舛，也是终成“正果”，虽然历尽劫难，而无不得以跻身“英雄排座次”的聚义盛会。小说叙写众多好汉横遭困厄而后同心协力地高擎义旗的曲折过程，反映了革命的人民“逼上梁山”共图起义大业的必然趋势。既然无论山寨头领，还是衙役鹰犬，他们的生死起落、运命归宿都不是主观随意地信手涂抹的，而是有着合乎生活逻辑的内在必然性的，那么难道唯有晁盖一人，可以草率给他一个“出师未捷身先死”、早早地仙逝升天的结局吗？由此可知，作者写晁盖的早逝，写他的遗言，毫无疑问是有他的良苦用心的。这样说来，深入探讨晁盖的早逝，他的遗言的矛盾现象，他的遗言与小说整体的不可分割性，这恐怕不是一个微不足道的问题。

1985年10月作

关于鲁迅“发展论”思想探讨

鲁迅关于发展的思想，人们习惯用“发展观”来称谓之。当人们一涉及鲁迅关于发展思想这方面内容的时候，脑海之际也往往泛起“进化论”一词。笔者认为，与其用进化论称谓鲁迅的发展思想，不如以“发展论”称谓为善。

一、关于目标与动力之区分

鲁迅关于发展思想的精妙论述，如满树硕果不胜采撷。他写道：我们要“共同抗拒，改革，奋斗三十年。不够，就再一代，二代。”他进而称呼这为“运动的持续”。“文明无不根旧迹而演来”。“可以确信将来总有尤为高尚尤近圆满的人类出现”。“旧象愈摧破，人类便愈进步。”——鲁迅发展论思想的深广价值，从这些引例中已隐约可见端倪。

鲁迅在《<浮士德与城>后记》中写道：“新的建设的理想，是一切言动的南针。”因而目的或理想的崇高在一切之上。由此我们得到一个启示：探寻目的的崇高或目标的崇高及其发展，是阐发鲁迅发展论思想的首要任务。

有的论者把鲁迅的“发展观”概括为：“相信进步”的历史发展观和“主张反抗”的斗争发展观。这虽然不无道理，却是不够的。因为鲁迅关于发展的目标，即使在前期就已经是相当宏伟、相当崇高的，这种宏伟崇高的发展目标，不是“相信进步”一词所能概括的。

以斗争求发展（或以革命求发展）和胸有崇高的发展目标，这是鲁迅发展论思想的显著本质。这就是说，在鲁迅的发展论思想中，有着明确的发展之目标与动力的区分。“特生民之始，既以武健勇烈，抗拒战斗，渐进于文明矣。”“世界的进步，当然大抵是从流血得来的。”鲁迅更有一段文字，概括表述了他的关于发展的目标与动力的思想。他在《革命时代的文学》中写道：“其实‘革命’是并不稀奇的，惟其有了它，社会才会改革，人类才会进步，能从原虫到人类，从野蛮到文明，就因为没有一刻不在革命……凡是至今还未灭亡的民族，还都天天在努力革命，虽然往往不过是小革命。”这段言简意赅的论述明告世人：社会的发展，人类的进步，惟革命是其动力。一言以蔽之，革命是发展的动力。然而纷纭万象、尘世更变，社会要发展到哪里去呢？回答是：“从原虫到人类，从野蛮到文明。”——很清楚，鲁迅认为“从野蛮到文明”，它是永无止境的发展之目标。当然，认定“文明”为人类发展的目标，这是一种最概括的表述用语。至于文明的具体的内容涵义，鲁迅是作过不少阐发的，随着鲁迅思想的不断发展，新兴无产阶级为之奋斗的未来的共产主义社会理想，是确定不移地包含在鲁迅关于文明的概念之内的。鲁迅于一九三四年在《答国际文学社问》中明确地写道：现在，“我确切的相信无产阶级社会一定要出现，不但完全扫除了怀疑，而且增加许多勇气了。”

如果说鲁迅前期的社会发展目标还具有一般的宽泛的特点的

话，那么他后期的发展目标就是具体的、阶级的，是每一个共产主义战士共同的最高的政治理想目标。而鲁迅由民主主义者发展为共产主义者，由前期的“救中国之沉沦”[1]到后期的“相信无产阶级社会一定要出现”，[2]这中间仍然有着发展目标、理想之崇高性这样一个雄厚扎实的因素在联结贯穿着。

二、鲁迅“发展论”思想的特点

在鲁迅的指导思想上，有着崇高的发展目标，这是鲁迅发展论思想的显著特点和优点。不仅如此，我们并且认为，鲁迅的发展论思想包含进化论而又优于进化论。

第一，鲁迅的变化发展论融汇了中外唯物主义思想的优秀传统。

鲁迅的变化发展观自有其特异之素质。关于这一点，任继愈同志作过这样的论述：鲁迅是主张一切事物都在变化发展的，“鲁迅之所以坚信进化论，并能较快地接受进化论，和他对于中国固有历史发展的思想是分不开的。”[3]任继愈同志的论述说明了鲁迅的发展进化观点对于中国固有的唯物主义哲学思想传统的继承关系。

对于鲁迅变化发展观的特异的素质，唐弢主编的《中国现代文学史》作了这样的论定：鲁迅从斗争的现实要求出发，“引申了达尔文学说里辩证主义的核心：发展观点和变革观点。”

1 鲁迅《文化偏至论》。

2 鲁迅《答国际文学社问》。

3 任继愈《鲁迅同中国古代伟大思想家们的关系》。

由此可见，鲁迅的变化发展观融汇了中外唯物主义思想的优秀传统，而有自己的特异素质。

第二，鲁迅的发展论以社会进步为主旨，从他的发展论思想里，人们必然能够引申出改革和革命的结论。

鲁迅在《坟·我们现在怎样做父亲》一文中写道："个体既然免不了死亡，进化又毫无止境，所以只能延续着，在这进化的路上走。走这路须有一种内的努力，有如单细胞动物有内的努力，积久才会繁复，无脊椎动物有内的努力，积久才会发生脊椎。"

这里，鲁迅阐明了生物的进化、发展须有一种"内的努力"（即事物进化的原因在事物的内部）。

鲁迅在《华盖集·忽然想到（六）》写道："我们目下的当务之急，是：一要生存，二要温饱，三要发展。苟有阻碍这前途者，无论是古是今，是人是鬼，是《三坟》《五典》，百宋千元，天球河图，金人玉佛，祖传丸散，秘制膏丹，全都踏倒他。"他又在《华盖集·北京通信》写道："倘若一定要问我青年应当向怎样的目标，那么，我只可以说出我为别人设计的话，就是：一要生存，二要温饱，三要发展。有敢来阻碍这三事者，无论是谁，我们都反抗他，扑灭他！"鲁迅说得何等明白，谁来阻碍"生存、温饱、发展"（注意：这个目标作者在两文中重复提出，时间上相隔不到一月），我们"全都踏倒他，""我们都反抗他，扑灭他！"这"踏倒"、"反抗"、"扑灭"，实际上就是要"我们"起来改革，起来革命。

上引两处论述，不仅仅是一般地讲"生存、温饱、发展"的问题，更主要的是：鲁迅以大无畏的气概，给进击的人们指引着攻击的目标——凡是阻碍发展、阻碍革新、反对改革、反对革命的一切旧东西、旧思想、旧人物，都应在扫除之列；这是打倒旧思想旧人物、冲决一切旧藩篱的雄强有力的战斗动员。

由此可见，鲁迅科学的发展思想，不仅来自生物进化论，也不仅来自中国古代唯物主义思想，而且因紧密结合中国人民奋斗抗争的命运和前途得以日臻充实和完备。这样，鲁迅的发展论思想就必然包含着深刻的内涵——社会事物的发展，须有人们的一种“内的努力”，需要借助于改革、革命的非常手段；他的发展论思想必然包含着风云变幻时代错综复杂的社会政治内容。如果说鲁迅从达尔文学说里“引申”了发展观点和变革观点，我们可以进一步说：从鲁迅的发展论思想里，人们能够合乎逻辑地“引申”出改革和革命的结论。所以，从鲁迅说的“一要生存，二要温饱，三要发展”，人们不难引申出：一要生存，二要温饱，三要改革和革命以求得“发展”的实现的结论。

三、对发展四要素的独到论述

进取、约束、“拿来”、创新四者，对“发展”这一永恒过程是极端重要的东西。因此，如若将进取、约束、“拿来”、创新称之为发展四要素，这或者是绝非失当的。发展四要素对发展有着休戚相关、荣枯与共的关系。发展而不可没有进取，发展而不可轻忽约束；因为进取为发展之生命，发展始终不离约束。发展而不可弃捐“拿来”，发展而不可中止创新；因为“拿来”为发展进步所必不可缺的条件，拾级而上方可到达峰顶，不断创新才能促进发展。鲁迅由于对发展四要素作出了新颖独到而深刻的论述，他的论述阐发令人心智开窍，且使怯懦者增添勇毅之气，这就必然使他的发展论思想熠熠生光。

进取。志在高远，“不满”则进；世无至善，争竞不息。——这是鲁迅进取思想的要义，这种进取精神无疑有着旺盛的生命力。

鲁迅写道：“我之所谓生存，并不是苟活；所谓温饱，并不是奢侈；所谓发展，也不是放纵。”“生存而不苟活！”鲁迅早就痛切地批判过“其意在安生，宁蜷伏堕落而恶进取”的全盘失错之昏聩。到写《北京通信》时，他又严峻指出：半死半生的苟活，只能“引人到死路上去！”入木三分地剖析，苟活者的理想之乡，只不过是“北京的第一监狱”式的安全处所。其所以发此惊人之语，他的积极用意是要激扬起人们的进取精神。鲁迅认为，只有认定高远目标，不断追求，才能避免堕陷落伍的困境。他写道：“神驰所慕之仪的，日逐而不舍，要亦人间进化之一因子欤？”[1]鲁迅认为，只有永不满足已有的成就和已往的业绩，才能不断发展，不断进取。“不满是向上的车轮”！“多有不自满的人的种族，永远前进。”——在鲁迅看来，不满，向上，进取，往往是同一个东西；或者说，不满（不自满）是向上和进取的保证。在鲁迅的进取、发展思想中极可宝贵的还有这一认识：革命无止境，进取无止境，世上决无“止于至善”的东西。鲁迅是这样表述这一认识的：“以上的所谓‘革命成功’，是指暂时的事而言；其实是‘革命尚未成功’的。革命无止境，倘使世上真有什么‘止于

1 鲁迅《摩罗诗力说》

至善’，这人间世便同时变了凝固的东西了。”[1]在鲁迅进击不止的一生中，他的大量文字都在强调进取精神：苟活者死，进取者生；进取为发展之生命。在他看来，生存就要进取。生存而进取，就能永葆青春活力，发展就能如江河东去而永不停息，生存而不进取，生存本身即有危机，更无发展可言。

约束。鲁迅在《南腔北调集·上海的儿童》中说，对孩子，既不可骄纵，“不可任其跋扈，亦不可终日给以冷遇或呵斥”。鲁迅还明确指出：“所谓发展，也不是放纵。”这些表述都很简明精当。所谓“发展而不放纵”，“不可任其跋扈”，这是发展中的“节制约束”问题。执着发展而讲求约束，可谓是人类的基本原则之一。事实上“节制约束”作为行为准则的不可或缺性，不少中外思想家都作过论述。

对鲁迅有过影响的赫胥黎，在他的《进化论与伦理学》一书的《序言》中写道：“每一个降生到世界上的人都有天赋的需要，就是去发现一种‘自行其是’和‘自我约束’之间适合于他的气质和环境条件的中庸之道。”当然，“约束”是有阶级性的。然而各阶级的思想家都十分注目“自我约束”，将它看作是不可或缺的行为准则。鲁迅用“发展而不放纵”来表述“执着发展而讲求约束”，也就是遵循“约束”准则而求发展这一思想。

“拿来”。这里的“拿来”即鲁迅的拿来主义，拿来主义的精髓之一在于比较；而比较，意在作出鉴别，决定取舍，有了正

1 鲁迅《黄花节的杂感》。

确的鉴别，懂得择优取精，才能谈得上真正的“拿来”。在鲁迅的思想认识中，比较思想和拿来主义主张，两者本来就有着密不可分的联系：“拿来”不可没有比较，清醒的比较才能保证自觉的“拿来”。根据鲁迅《拿来主义》与《论“旧形式的采用”》两文中形象化的论述，关于“拿来”的功用与价值，可作如是归纳：“拿来”犹如吃用牛羊，是为“留其精粹，弃去蹄毛”，借以营养自己、发展自己。也就是说，“拿来”的目的全在于取优弃劣，为我所用。

鲁迅关于“拿来”的妙辞佳句，令人思路开阔，认识深化。诸如“比较是医治受骗的好方子”，“比较既周，爰生自觉”，这样的论述表达无不使我们深得教益。而《看镜有感》一文，更有好多精彩文字：“汉唐虽然也有边患，但魄力究竟雄大，人民具有不至于为异族奴隶的自信心，或者竟毫未想到，凡取用外来事物的时候，就如将彼俘来一样，自由驱使，绝不介怀。”“五四”时期的鲁迅认为：敢于择取外国的科学文化，不仅是一个民族有信心的表现，而且是一个民族进步的必要条件。在《看镜有感》里，他举我国汉、唐两朝为例，说明那时最能放手吸收外国和外域的优秀文化，“就如将彼俘来一样，绝不介怀。”所以汉、唐的全盛时期乃是中华民族文化处于世界高峰的光辉时期。

创新。鲁迅写道：“要进步或不退步，总须时时自出新裁，至少也必取材异域……”（《看镜有感》）

这就表明，他认为为了前进和发展，必须创新。而“择旧”是实现创新的不可缺少的条件。所谓“择旧”，就是择取中国的和外国的文化。在《<浮士德与城>后记》里，他写道：“新的阶级及其文化，并非突然从天而降，大抵是发达于对于旧支配者及其文化的反抗中，亦即发达于和旧者的对立中，所以新文化仍然有所承传，于旧文化也仍然有所择取。”鲁迅在掌握马克思主义之后，他认为无产阶级的新文化，必须批判地吸取人类全部的文化遗产，既包括外国的，也包括自己民族的。

在《花边文学·玩具》一文里，鲁迅强调运用诸如“创造玩具的天才”，“我所见的惟一的创作”，热情赞颂创新，赞颂那种创造精神。鲁迅对创新、创造精神的盛赞，是由于他透辟地认识到：“自出新裁”的创新，对促进发展有着极可宝贵的价值——发展犹如一条登顶的坡道，创新就是组成这条坡道的无数石级；拾级而上方可到达峰顶，不断创新才能促成发展。

四、是“发展论”而不是人性论

鲁迅有一处关于“发展”的辉煌思想，曾不止一次地为一些论者所误解。笔者认为是应当而且可以澄清的。

巴人认为，人性（或人情）是人和人之间共同相通的东西。他在《论人情》中说：“一要生存，二要温饱，三要发展，这是普通人的共同的希望。如果这社会有人阻止或妨害这些普通人的要求、喜爱和希望，那就会有人起来反抗和斗争。这些要求、喜爱和希望，可说是出乎人类本性的。”[1]

闵开德、吴同瑞在《略论鲁迅对人性的看法》中写道：“在

1 见《新港》1957 年 1 月号。

一九二五年写的《忽然想到（六）》一文中，鲁迅大声疾呼：我们目下的当务之急，是‘一要生存，二要温饱，三要发展……’从这段话可以看出，鲁迅那时是把维护正常的人性要求，亦即维护人们基本的生活要求，和向一切黑暗势力作坚决的斗争紧密地联系在一起的。……正是出于这样的思想认识，所以他那时拿起人性论的武器来向封建势力、买办势力和一切黑暗势力作坚决的斗争。”[1]

上引两例说明，巴人和闵开德等都把鲁迅说过的“生存、温饱、发展”，理解为是鲁迅的“人性论”思想。然而“一要生存，二要温饱，三要发展……”是“发展论”思想，不是什么“人性论”。我们之所以确认这是发展论思想，除了在前文中已作的论述外，还有如下的思考。这一段论述，从表述的内容和形式上看，它说的是关于社会发展的旨意。从鲁迅的文字中可以读到，类似这一表述内容和形式的还有：“我现在心以为然的道理，极其简单。便是依据生物界的现象，一，要保存生命，二，要延续这生命；三，要发展这生命（就是进化）。生物都这样做，父亲也就是这样做。”[2]通过比照说明，这一节文字说的是关于生物发展进化的旨意和关于家庭发展进化的旨意。我们之所以认为这一节文字，说的是关于“发展进化”的旨意，是因为这个论定可以从本篇稍后一点的一段文字的明确“点题”得到解答。在那里，鲁迅进一步写道：“生命何以必须继续呢？就是因为要发展，要进化。个体既然免

1 见北京大学哲学系编《人道主义和异化问题研究》。

2 鲁迅《我们现在怎样做父亲》。

不了死亡，进化又毫无止境，所以只能延续着，在这进化的路上走。”——“在这进化的路上走”！鲁迅用明确的语句点明了他说的是关于发展进化的主旨。

由此可见，《我们现在怎样做父亲》这一处论述，跟《忽然想到（六）》那一处论述，两者在表述的内容和形式上极其相似，两者说的都是关于“发展”的旨意。

1988 年 5 月作

服膺科学真理，执着爱国为民
——论鲁迅注重科学理性思想

鲁迅注重科学理性的动因是认识到科学理性的力量所在，其现实目的则是爱国为民。关于注重科学理性，就其广度说，鲁迅著述对科学理性的认识有众多方面：对科学的正效应和负效应的认识，对科学目的的认识，对科学的根本特征的认识，等等，就其深度说，对科学理性诸方面的认识既深刻独到且升华为科学与爱国相结合的思想，并且通过对“两论”的辨识而信仰阶级论与共产主义。这种对科学理性既多方面又精微深切的认识，是一种极有价值的思想；对科学理性的既有深度又有广度的认识组成了鲁迅注重科学理性思想的具体内容。注重科学理性思想，善莫大焉，利莫大焉。

鲁迅曾经将发议论和讲科学并列，即是将发议论和讲科学并重，而鲁迅的议论文字诚然跟讲科学、注重科学理性结着不解之缘。由此，我们说：讲科学、注重科学理性是附丽着鲁迅著述的（鲁迅有“希望是附丽于存在的”一语）。鲁迅讲科学、注重科学理性思想有着面广意深的内容。它是：靠科学以救国利民，消除把科学用作“济私助焰之具”的消极现象，事关救国大业；科学与爱国相结合才能救国强国；用力于“反省，改革，自做工夫（为救弊兴邦而自强有为）”才能救国兴邦，通过对“两论”的辨识，正确选择阶级论与共产主义，等等。

现在，笔者对上述各个内容加以论说。

对科学的正效应的认识

对科学在历史上的作用，鲁迅有足够的认识。他说：“故科学者，神圣之光，照世界者也。”又说：“盖科学者，以其知识，历探自然见象之深微，久而得效，改革遂及于社会。……而洪流所向，则尚浩荡而未有止也。”[1] 法国大革命中，科学家奋然卫国，用科学知识为国效力，鲁迅对这历史事件很有认识，写道：“当防守之际，即知有科学者在，而后之战胜必矣。”[2]

上述三个引例，可知鲁迅认识到，科学是照耀世界使之鲜活生动的灵光，是促进社会改革、推动社会发展的积极因素；还向人们明白提示：鲁迅认识到科学知识、科学理性是一种赖以战胜敌人、报效祖国的物质力量。

由鲁迅对科学正效应的认识，他将科学知识视作为国效力的物质力量，人们已不难理解：鲁迅讲科学、注重科学理性的动因是他认识到科学知识、科学理性即是意味着一种强大的物质力量，其现实目的是要把科学知识、科学理性用于救国利民。

1 《坟·科学史教篇》。

2 《坟·科学史教篇》。

对科学的负效应的认识

关于科学的负效应，鲁迅有两点认识：一是“济私助焰之具”，二是“以科学杀人”。

先说“济私助焰之具”。

促人深思的认识寓于如许文字：“每一新制度，新学术，新名词，传入中国，便如落在黑色染缸，立刻乌黑一团，化为济私助焰之具，科学，亦不过其一而已。

此弊不去，中国是无药可救的。”[1]

鲁迅认识到，科学以及诸如新制度、新学术、新名词等众多新事项，若不以爱国精神和人民利益（或公众利益）为依归，它和它们都可以被人用作“济私助焰之具”。鲁迅用以表达自己深层忧患的，更有这么一句：“此弊不去，中国是无药可救的。”——这就是说：救中国的良方，应是先要除去这种致命的弊端（此弊端即是前句所说科学以及诸如新制度、新学术等众多新事项，被营利之徒用于“济私助焰”的既恶劣且有害的现象）；如若这种致命弊端消除不了，中国得救的希望是没有的。鲁迅这一深恶社会弊端的认识，实在是表现了他强烈的爱国为民意识。鲁迅认为，利用科学的伟力以造福人民，跟消除科学被营利之徒用作“济私助焰之具”的消极现象，两者都是不可轻视的。

次说“以科学杀人”。

科学的应用具有阶级性。对于反动派出于罪恶的目的，采用

1 《花边文学·偶感》。

形形色色的“科学利器”残杀革命人民和革命志士，鲁迅写过不少无情揭露、愤怒抨击的文字。他写道：“福人用电气疗病，美容，而被压迫者却以此受苦，丧命也。”[1] 又写道：“我在中国，看不见资本主义各国之所谓‘文化’；我单知道他们和他们的奴才们，在中国正在用力学和化学的方法，还有电气机械，以拷问革命者，并且用飞机和炸弹以屠杀革命群众。”[2]

由前文的引用和分析可知，鲁迅认识到科学的负效应及其危害的根源，在于反动派的罪恶和营利之徒的私欲。这种对科学的负效应的深入本质的认识，从而否定并反对科学用于“济私助焰”，否定并反对反动派“以科学杀人”，这种站立于革命人民一边的坚定立场与鲜明态度，表现出鲁迅的科学要与革命爱国主义结合起来的思想意识。

对科学的目的的认识

鲁迅认识到，科学要用于救国利民与富国惠民，即科学以效力国家、利泽生民——爱国为民——为目的。（关于科学的目的的内容，在论述科学的正效应时已作了一点说明。）

鲁迅早期的论文，已将科学与爱国并提。在1908年，他在论及法国大革命时，引用英国物理学家丁铎尔的论断，首肯彼时“实生二物，曰：科学与爱国。”1918年，他撰文指出：只有依靠科学，才能疗救中国、医治国人的昏乱思想。他写道：“我希

1 《伪自由书·电的利弊》。

2 《且介亭杂文·答国际文学社问》。

望也有一种七百零七的药，可以医治思想上的病。这药原来也已发明，就是‘科学’一味。”他断言：只要不反对服用科学这味药，“中国的昏乱病，便也总有痊愈的一天。”[1]——这些意见表现了鲁迅主张用科学来救国疗民的思想，他并相信如若积几代努力就定然有效。

靠科学以救国利民，这仅是鲁迅一个方面的认识。他还进而认识到，科学与爱国相结合才能救国强国。于一九二三年爆发的反日爱国运动中，曾出现意见对立的充实民力论与鼓舞民气论两派。鲁迅对“民力论者”与“民气论者”两派意见的取舍，表现了他科学与爱国相结合的思想。鲁迅对这次爱国事件与人们所持的不同意见记忆犹新，两年后他写道：

“大概两三年前，正值一种爱国运动的时候罢，偶见一篇它的社论，大意说，一国当衰弊之际，总有两种意见不同的人。一是民气论者，侧重国民的气概，一是民力论者，专重国民的实力。前者多则国家终亦渐弱，后者多则将强。我想，这是很不错的……

……所以在不得已而空手鼓舞民气时，尤必须同时设法增长国民的实力，还要永远这样的干下去。”[2]

上述论析表明，鲁迅否定“民气论者”而肯定“民力论者”——这可由断言“前者多则国家终亦渐弱，后者多则将强”一句而确知。他又提示：“民气论者，侧重国民的气概。”就是说，“民气论者”侧重的是国民的爱国气概，即他们侧重在国民的爱国心。很显然，

1《热风·随感录三十八》。
2《华盖集·忽然想到（十）》。

他否定民气论者，因为这一派仅有某种爱国心，而未有（或缺乏）可转化为物质力量的科学理性或科学精神。他肯定民力论者，因为这一派既有爱国的热忱又有科学的求实精神。鲁迅烛照全般地揭示："在鼓舞民气时，尤必须同时设法增长国民的实力。"由此可见，在文中全然肯定民力论者而否定民气论者，提出"鼓舞民气与增长国民实力相结合"——即是鼓舞民气、弘扬爱国精神与注重科学理性、设法增长国民实力相结合——的正确见解，这就是鲁迅科学与爱国相结合思想的一个具体内容。

对科学的根本特征的认识

《"立此存照"（三）》是一篇精当深切的议论文字，而这篇力作是由"辱华影片"案件的是是非非引发鲁迅写成的。末段写道：

"不看'辱华影片'，于自己是并无益处的，不过自己不看见，闭了眼睛浮肿着而已。但看了而不反省，却也并无益处。我至今还在希望有人翻出斯密斯的《支那人气质》来。看了这些，而自省，分析，明白那几点说的对，变革、挣扎，自做工夫，却不求别人的原谅和称赞，来证明究竟怎样的是中国人。"[1]

先要说明，鲁迅这段文字指出了两种不可取的态度：一种是不看"辱华影片"——一些人采用闭起眼睛回避的办法，适足以证明这些人虽有某种爱国心却未有（或缺乏）科学理性；一种是看了而不反省——另有一些人，看了而不反省，这种愚昧麻木行

1 《且介亭杂文末编·"立此存照"（三）》。

状适足以证明此辈于科学理性于爱国心（爱国情感）是空无所有或失落殆尽的。

还要指出，据鲁迅这篇力作的所有论述，末段“自做工夫”一语，定然包含着这样的深意：为救弊兴邦而自强有为。

可以肯定，《“立此存照”（三）》是鲁迅针对社会实际而写的一篇坚持讲科学立场的佳作。这篇写于1936年的成熟之作，表现了鲁迅对科学的根本特征的认识——科学理性贵反省重实践。据上面引摘的文字，可知鲁迅认为：讲科学、注重科学理性，就要在认识上严细地自省、分析，在实践上用力于变革、挣扎，用力于“自做工夫”（即是用力于为救弊兴邦而自强有为）。

诚如鲁迅指出，对待“辱华影片”有两种不可取的态度。认识这两种不可取的态度之所以不足为训，之所以于救国兴邦无所补益，就可以更好地认识鲁迅所提出的“反省改革，自做工夫（为救弊兴邦而自强有为）”这一救国兴邦思想的可贵。鲁迅提出的救国兴邦思想，是在否定两种不可取的态度的基础上总结出来的立足于科学理性的认识。应该指出，用力于“反省，改革，自做工夫（为救弊兴邦而自强有为）”，实际上是科学与爱国相结合思想的一个具体内容，也是科学与爱国相结合思想的具体化。所以，鲁迅这一思想认识具有不同寻常的重要意义。

对“两论”的辨识与正确选择

如果说对科学的效应、目的、特征的认识，还仅仅是对科学的一般认识的话，那么对“两论”（进化论与阶级论）的辨识与选择，就是对科学的根本认识。在对科学的一般认识与根本认识中，后者更为困难，更为重要，更为关键。

关于鲁迅对“两论”的辨识与正确选择，他写有三段文字明示了这一方面内容：

“我一向是相信进化论的，总以为将来必胜于过去，青年必胜于老人……然而后来我明白我倒是错了。……我在广东，就目睹了同是青年，而分成两大阵营，或则投书告密，或则助官捕人的事实：我的思路因此轰毁。”

“我有一件事要感谢创造社的，是他们‘挤’我看了几种科学底文艺论，明白了先前的文学史家们说了一大堆，还是纠缠不清的疑问。并且因此译了一本普列汉诺夫的《艺术论》，以救正我——还因我而及于别人——的只信进化论的偏颇。”[1]

鲁迅在给友人的信里指出：“以史底唯物论的批评文艺的书，我也曾看了一点，以为那是极直截爽快的，有许多暧昧难解的问题，都可说明。”[2]

鲁迅对自己思想历程的这些表述，告诉我们：鲁迅信仰的科学真理因着革命进程中的严峻的事实和马克思主义科学理论的学习而发生了根本性的转变——即是说鲁迅的世界观，经过社会革命的血的洗礼，通过对马克思主义的认真学习，达成了由信进化论转向信阶级论的质的飞跃，与此同时，鲁迅也就完成了由革命民主主义斗士向共产主义战士的飞跃。由此可见，鲁迅在不断前

1《三闲集·序言》。

2 转引自林志浩《鲁迅传》269页。

进中认识到进化论的偏颇和阶级论的正确，并且果断地选择了阶级论和共产主义作为自己的指导思想和政治方向，这是他真正坚持讲科学立场，真正注重科学理性的必然结果。（当然，鲁迅思想的这一飞跃，也是跟他始终投身于社会革命实践紧密相关的。）

现在，我们简要地归纳两个结论：

第一，鲁迅关于讲科学、注重科学理性的四点认识，它们是：

靠科学以救国利民；

消除把科学用作“济私助焰之具”的消极现象，事关救国大业；

科学与爱国相结合才能救国强国；

用力于“反省，改革，自做工夫（为救弊兴邦而自强有为）”才能救国兴邦。

很显然，上述四点认识是紧密关联的，这些宝贵的认识表现了鲁迅“科学救国”思想的缜密精当，它们具有值得重视的普遍意义。

第二，鲁迅对科学的全面深刻认识，加之以鲁迅思想发展的进程，使我们领悟到一个重要的启示，就是：在现代中国，科学精神、爱国主义和共产主义三者是紧密关联、有机统一的；这三者的和谐统一，是民族独立、国家强大的根本条件。

1989年8月作

关于把握科学手段的思考

据报载，有论者以为：“方法与科学背道而驰”是中国的弊端与大敌。此论过于耸人听闻，然而它又着实是提出了方法问题的极大重要性。我们的目标是建设有中国特色的社会主义，而为了这一宏伟目标的实现，在我们的具体工作中，应多一些科学性，多一些科学手段，这诚然是不可或缺的。只要我们讲究科学手段，把握科学手段，我们庶几可以无往不胜。

一、手段正确与否决定目标的实现与否

我们知道，为达到某种目的而采取的方法和措施，人们称之为手段。所以，手段的适当与否，关系到一定目的的实现与否。“世上的一切事物，都是通过采取各种方法手段才能成功的”。在这个意义上，手段具有决定性的作用。毛泽东同志说：“我们不但要提出任务，而且要解决完成任务的方法问题。我们的任务是过河，但是没有桥或船就不能过。不解决桥或船的问题，过河就是一句空话”。毛泽东同志对工作方法的重要性提得何等鲜明。今天，为了实现建设有中国特色的社会主义这一宏伟目标，我们必须掌握各种各样现实可行的手段。

在目的与手段问题上，我们对自己应作何种评估呢？我们在总体上是既重视目的又重视手段的，因而既有高远的目标，又能把握正确、科学的手段。但是在某些部分、某些具体环节上往往只重视目的而忽略手段，因而虽有令人向往的目标而未能把握正确、科学的手段。总体上重视目的和手段且能把握科学手段的一个极好证明，是毛泽东同志关于"有的放矢"的那一段精辟论述。他指出："在这种态度下，就是要有目的地去研究马克思列宁主义的理论，要使马克思列宁主义的理论和中国的革命的实际运动结合起来，是为着解决中国革命的理论问题和策略问题而去从它找立场，找观点，找方法的。这种态度，就是有的放矢的态度。'的'就是中国革命，'矢'就是马克思列宁主义。我们中国共产党人所以要找这根'矢'，就是为了要射中国革命和东方革命这个'的'的"。[1]这一论断好极了："我们中国共产党人所以要找这根'矢'，就是为了要射中国革命和东方革命这个'的'的"。由此可见，毛泽东同志是以"中国革命"为目的，以"马克思列宁主义"为"矢"、为手段的。——这是既重视目的又重视手段的范例。总体上既重视目的又重视手段的又一明证，是：如今，党为我们指明了奋斗不息的方向，要建设有中国特色的社会主义；同时我们在指导思想上又高度重视科学决策、科学精神，这保证了我们总体上将在科学轨道上稳步前进。

中国革命的胜利雄辩地说明，以马克思列宁主义与本国实际相结合为理论武器来指导中国革命的中国共产党人，是真正地掌握了关于社会革命的科学，能有效地运用、准确地把握社会革命

1 毛泽东：《改造我们的学习》。

的科学手段的。现时我们确立一个中心，坚持两个基本点来推进中国社会主义现代化的宏伟设想，毋庸置疑也是具有马克思列宁主义科学性的，关于建设有中国特色的社会主义的总体设计的正确性与科学性，也是完全可以信赖的。关键是我们今后在各个部分、各个具体环节上的工作是否都能进行得卓有成效，也就是在各个部分、各个具体环节上，是否能准确地把握关于社会主义现代化建设的科学手段。

总结以往的教训，我们曾在某些部分、某些具体环节上往往只重视目的而忽略手段，因而未能把握正确、科学的手段，或者说把握正确、科学手段失当，以至预期的目标无从达到、无从实现的例证是绝非少见的。诸如我们在工作中程度不轻地存在着主观主义、教条主义、形式主义，诸如屡见不鲜的“热不醒、骗不乖”现象，急于求成、急躁冒进、急功近利的做法，诸如我们往往容易犯从一个极端走向另一个极端的过错，以及短期行为、一阵风等等。——所有这些弊病、过错、失误的产生，几乎都跟轻视手段有着紧密的以至直接的关系；或者说这些弊病、过错、失误本身，就是未能把握科学手段，或把握科学手段失当的一些表现。

所谓科学手段，就是非躁进而具可行性、非随意盲动而合规律性、非想当然而尚严谨性的手段或方法，从而所谓把握科学手段，就是：掌握与运用具备着可行性、合乎客观规律性、化为一丝不苟的严谨性的具体方法，而摒弃一切形形色色的躁进的、随意盲动的、想当然的、华而不实的做法。

江泽民同志在党的五中全会上发出号召，全党要牢固树立国民经济持续稳定协调发展的指导思想，他深察“既往可为殷鉴”，指出：“最重要的教训，就是往往脱离国情、超越国力、急于求成、大起大落”。从目的与手段的依存关系来认识问题，国民经济的持续稳定协调发展诚然是一个具有决定性意义的大目标，因而要求人们更好地自觉运用科学手段或科学方法，对国民经济的持续稳定协调发展这一个大目标的实现，委实是再重要不过的；而充分地把握科学手段，对避免以往那种“脱离国情、超越国力、急于求成、大起大落”的失误也必定会起着实实在在的良好作用。

二、把握科学手段的根本保证及两点设想

使我们得以把握科学手段的根本保证，就是：学习马克思列宁主义、毛泽东思想理论，确立马克思列宁主义、毛泽东思想的科学世界观，投身于社会主义现代化建设的伟大实践，熟悉、热爱、精通人们自己所从事的各项实际工作或各个门类的技术工作。如果我们在上述诸方面做得较好，那么把握科学手段就有了坚实的基础和现实的可能。

关于把握科学手段的根本保证兹不多述。笔者在此提出如下两点有助于把握科学手段的设想：

其一，汲取中国传统文化基本因子“中庸”积极因素的一面，对“中庸”进行取优弃劣的改造制作。

我们要治“热不醒，骗不乖”的病，治急于求成的病，治从一个极端走向另一个极端的病，除了掌握马克思列宁主义、毛泽东思想的科学世界观外，还不妨汲取传统文化基本因子“中庸”积极因素的一面。认定传统文化“中庸”有积极因素的一面，主张理智地汲取其优秀成分，这是不必视作海外奇谈的。关键在于如何解说和阐发。而关于如何解说和阐发，我们应该学习恩格斯的做法：黑格尔那个“凡是现实的都是合理的”著名命题，经恩格斯那审视一切，除旧布新的论析，就转化为它自己的反面：“凡是现存的，都是应当灭亡的”。[1]

“中庸”，是一个具有多层次的含义的观念。而作为方法论，中庸思想可以成为一种正确的或适当的方法论。“中庸”观念的提出者是孔子。《论语》中的中庸观念，本来就有作为思想方法的一面。后来孔子之孙子思作《中庸篇》，对于中庸观念作了进一步的发挥。子思的《中庸篇》以“时中”、“用中”来解说中庸。“时中”就是“随时处中”，就是依据条件的不同随时选取适当的标准的意思。“用中”就是不陷于某一极端，随着情况的不同而确定适当的方法的意思。郑玄诠释《中庸篇》，认为中庸指“中的运用”，他的解释颇合中庸的原意。这些都是很有价值的思想。不难理解，从“适当的方法”这一标准来衡量，“过”或“不及”都不合“适当方法”这个度，而只有既不“过”又非“不及”的“中”才合“适当方法”这个度。由此可见，中庸思想包含着积极的合理的内核。我们可将其表述为：在事物的发展过程中，对于实现一定的目的来说，有一个适当的方法（或手段），运用这个适当的方法或手段就可以实现这个目的，否则就不可能实现这个目的。所谓适当的方法或手段，就是既不“过”，亦不是“不及”。中

1 《马克思恩格斯选集》第四卷 211 ~ 212 页。

庸，概而言之，就是适当的方法之谓也。综上所述，作为方法论，中庸思想经过必要的理性的弃劣取优的改造制作，可以成为一种正确的方法论。（“中庸”的弃劣取优改造制作，本文限于篇幅，只能略说“取优”而不及“弃劣”。）

笔者对“中庸”的上述浅释，与不少论家颇为相合。如近时有人认为：中庸就是反对过度与不及；毛泽东通过对中庸的改造，把中庸上升为具有普遍意义的“反对两种极端的方法”，并把中庸看作是辩证法的一个要素。[1]

其二，实事求是的思想原则有待进一步具体化。

我们的重大不足，是认真研究问题不够，很不够，对把握科学手段容易掉以轻心，对把握科学手段事实上是差得远的。我们务必清醒地认识到，崇尚科学精神，讲究科学手段，把握科学手段，这是时代的要求。而反对主观主义、教条主义、形式主义，反对急于求成、急躁冒进，反对从一个极端走向另一个极端，避免短期行为、一阵风等等，实在是崇尚科学精神，讲究科学手段、把握科学手段的题中应有之义。我们已经确立了实事求是的思想原则，这是一种极可宝贵的指导思想。实事求是的方法，其实就是科学的方法，更准确地说，实事求是思想原则的具体化，就是具体的科学方法。由此可见，实事求是思想原则的进一步具体化，可以为人们提供掌握科学方法、把握科学手段的客观条件。实事求是思想原则的进一步具体化是一项关系到“万世之利”的极重

1 钟克钊：《毛泽东对中庸范畴的改造》，见1989年11期《新华文摘·论点摘编》。

大的工作。这一工作之所以必要，邹谠有一段简洁明确的论述。他写道：“‘实事求是’的口号是对的，可是我们应该了解到，这个口号在西方早已不仅仅是一个口号，它已渗透到自然科学、社会科学、工程等各种领域的实用技术上，表现在非常严谨的方法和操作程序里。而这些在中国的政治讨论、决策实施和研究中还远远没有做到。科学的方法就是实事求是的方法，所有严格的工艺程序、方法论都体现着实事求是的原则。目前我们虽然确立了实事求是的原则，但还需要一个相当长的具体化的过程”。[1]

善于吸取别人长处才足以自强。西方文化的优点是严谨的方法、科学的方法，这一点是肯定无疑的。英国哲学家罗素就毫不含糊地指明了这种优点。他写道：“我应该指出，西方文明的特殊贡献是科学方法，而中国文明之特殊功绩在于合理的人生观，我们希望这两种因素能渐渐地融汇在一起”。[2] 由此可见，当我们把实事求是的思想原则付诸具体化的时候，积极吸取西方文化重科学方法的优点是十分必要而有益的。

毛泽东同志指出：“如同斯大林所说的那样：把革命气概和实际精神结合起来”，“这种态度，就是实事求是的态度”[3]。“革命气概和实际精神的结合”，“实事求是”，这些是毛泽东同志早就一再强调过的。现在，我们需要补做的是：将实事求是这个思想原则进一步具体化，并且尽可能地加速这种具体化过程。

1 邹谠：《政治与文化》，见1986年8期《读书》。

2 罗素:《中国与西方文明之比照》,见《中外比较文化研究资料》第三辑36页。

3 毛泽东：《改造我们的学习》。

如果我们能在讲究科学手段、把握科学手段方面取得令人鼓舞的进步，从而使我们能有效地避免诸多不切实际的做法，避免为害不浅的短视行为，避免背离科学精神的瞎指挥乱放炮，避免因违反客观规律而招致的失误，那么我们在实现新的更加辉煌的目标的时候就会顺利得多。只要充分地把握科学手段，在重要目标上争取无往而不胜不是没有可能的。

1990年10月作

治贪倡廉四条途径浅议

十四大报告指出："在改革开放的整个过程中都要反腐败，把端正党风和加强廉政建设作为一件大事，下决心抓出成效，取信于民。"

必须认识到：一个文明社会，有赖"修、养、防、惩"以破解贪盗这个"不解之结"，这也就是说，现代社会治贪倡廉的有效途径是"修、养、防、惩。"我们如能认真实践"修、养、防、惩"四字方针，治贪倡廉定可获取显著成效；这犹如一椅藉其四脚站稳地面而无倾覆之虞。

修，即"修心进德"——提倡一种"博大而高尚"的精神，注重修身。

古今贤哲不乏关于"修心进德"的懿行嘉言。如：孙中山最为推崇古人提出的"天下为公"的光照千秋的伟大理想。毛泽东同志说过："人总是要有一点精神的"，这是千古不易的真理。范仲淹不顾自身进退荣辱而倡"乐以天下，忧以天下"的博大胸怀，足为后世"先公后私"的楷模。素有"清廉政治家"之称的日本前首相三木武夫，坚信"政治家最宝贵的素质是能够经得起国民的伦理道德的考验。"三木还说过："政治家不能赚钱，想赚钱就不要当政治家，去做商人好了．"三木武夫如此推重伦理道德，其思想渊源实是出自《论语》“无信不立”至当之论。教育家夸美纽斯在其名著《大教育论》里，有过一大段论述，认为：“财大名重”者未必幸福，人们的幸福之途在于对广博知识的追求。夸美纽斯可谓深谙精神财富重于物质财富这一至深之理。

有志于献身社会的公职人员，应从先贤哲人的无数嘉言高行中汲取思想养分，以陶冶情操、磨炼意志；贯彻奉行哲人鄙弃利禄的名言，追随实践先贤急公忘私的高行，有助于自爱向上的公职人员“博大而高尚”精神的养成。

养，即“厚薪养廉”——开通一个较优裕的经济来源，物丰用足。

薪金厚薄，是相对的，并且决定于一个社会经济发展的程度。因此，“厚薪”之举应视实际可能予以施行。但其基本原则是要尽可能地优厚些，使之物丰用足，开通一个较优裕的经济来源，使养廉有较好的物质保障。古人说：“衣食足则知荣辱”。（《管子·牧民》）

孟子认为：使百姓拥有固定产业，跟要求他们信守合于礼教的思想行为准则，两者是有着一定的因果联系的；孟子肯定：国君重视“制民之产”，这是一种明智的治国之策。所以，他说：“若民，则无恒产，因无恒心。苟无恒心，放辟邪侈，无不为。”“明君制民之产……然后驱而之善。”（《孟子·梁惠王上》）

由此可见，法家的管仲与儒家的孟轲，在“衣食足知荣辱”上面有着一种共识。这一共识不乏其合理内涵而可为我们所借鉴。

防，即“约束防范”——确立细致严密的防范手段，府库严实。

确立细致严密的防范手段的基础，在于认识“防范”之作用的至深至巨，也就是认识“约束”之作用的至深至巨。可惜人们（尤其是领导者）对“约束”的至深至巨作用，对“防范”的至深至巨作用之认识，未必是充分的，足够的。只有首先真正深刻地认识到“约束”、“防范”的至深至巨作用，然后才能有严密完整的防范手段的出台和确立。

赫胥黎说过：“每一个人都有天赋需要，就是去发现一种‘自我肯定’和‘自我约束’……的中庸之道。”（《进化论与伦理学·序言》）由赫氏此论不难引申出一个至关重要的警句，就是：“进取”和“约束”天生就是人生得以飞动的双翼（斯言揭示着“约束”的至深至巨之作用）。无庸置疑，既注重人的发展，又绝不忽略对人加以“约束”，实为治国之要道。既然“约束”关系着邦国和人生的命运，它就是必须办好不允丝毫马虎的重大不过的事项。

毛泽东同志说：“抓而不紧等于不抓”。在事关“约束”、事关“防范”问题上，我们绝对需要一种严细认真、抓紧办好的优良作风。这就意味着，在关于治贪倡廉法律、法规的制定上，实宜抓得很紧！很紧！并责其完备严密而无疏漏。很明显，法律、法规唯有绝顶完备严密方能起到有效的“约束”“防范”作用。

惩，即“惩贪罚罪”——制定一套严厉的惩治法律、法规，天网恢恢。

如果说韩非的严刑寡恩为取亡之术，那么子产等人的恩威并施则是极当的举措。我们在借重严刑重罚上切忌项羽式的妇人之仁。我国在惩贪罚罪环节上，存在着“一宽二软”的致命缺陷，这是不争的事实。有人在《求是》撰文说：腐败现象多年来不能减少到最低限度，“重要原因之一就是执行党纪国法方面失之于宽、失之于软，甚至为‘人情’所左右。”赵忠祥在正大综艺节目中说过“新加坡良好的卫生习惯是罚出来的”。随地吐痰，乱扔纸屑之小过都要求助重罚，那么对那些侵吞公款，盗窃国库者怎么可以不课以严刑峻法呢？

有一则《好秩序源于重罚》的消息报道：印度某邦某村有一个食品店，店主在离开自己商店时，店门敞开着。顾客则自觉地将所买食品的应付价款放进店主那个敞开着的钱盒里。消息还说：该村所有居民门不上锁，因为该村根本没有犯罪。消息并对比说：该村在过去曾因治安不良而臭名昭著。这个村之所以出现现在那样的奇迹，“是由于村行政委员会制定了严格的行为准则，如果违犯，就会受到惩罚。”

上述事例，虽是有限例证，但足已说明，惩罚实在是有效而必要的。

当今新加坡政府所制定的反贪污法规，委实是“得当无所偏，重罚不留情”的法规的一个显例。新加坡为铲除贪污而制定的有关法规、条例，其条款的严厉、详尽及行之有效，是可以十分令人心折的。我国在现时应在研究自己国家国情的基础上，去着手借鉴这方面先进的经验。

最后，说一千道一万，关键终究是“行”的问题。我们认为：治贪倡廉固然不易，但这项工作并非是“知难行易”的问题；治贪倡廉是否卓有成效，归根结底是一个“知易行难”的问题，或者还是孟夫子所说的“非不能也，是不为也”的问题——至少：是“为”的程度不够的问题。

1992年10月作

"鼎三足"小识漫笔

邓小平同志曾指出：如果只注意经济，不抓精神文明，"风气如果坏下去，经济搞成功又有什么意义？会在另一方面变质，反过来影响整个经济变质，发展下去会形成贪污、盗窃、贿赂横行的世界。"小平这一段思深虑远的论述，说明我国在经济发展中存在着一个"正风、肃贪、止贿"的巨大难题。而要化解这一难题，唯有凭借法治与德教两大法宝。

在推进现代文明中，法律与道德，就其作用而言，究竟哪一个是重头，论者的意见是仁者见仁、智者见智的。而在当今的社会实际中，轻视道德与违犯法律往往具有普遍性、世界性。"当今时代正兴起开发经济、注重法治之潮，也正兴起不重道德之风。"（新加坡学者语）可见"不重道德"实是全球之弊。违犯法律之弊在时下的中国，除了钻法律空子这种普遍性外，还有其特殊性。高层司法官员指出："当前法制建设中存在的一个突出问题是不严格执法……以言代法、以权压法、以罚代刑的现象时有发生。"

笔者以为，对法律与道德的作用各有侧重虽然都不无道理，而主张法律与道德应齐头并进要全面一些。所以，笔者首肯将法律与道德统一起来的观点。"法律的特点是他律，道德的特点是自律。"在社会生活中，"他律"与"自律"都是不可或缺的，而且是不可重此轻彼的。"对个人而言，只有既'外惮法纪'又'内疚神明'（即道德自律），才能成为真正意义上的完全的'人'。"建设现代文明，法律与道德应齐头并进，那么经济将被置于何种地位呢？发展经济对两个文明的巨大作用是不待言说的。而精明的企业家说："不管什么时候，不能有'财'无德。"善哉斯言！笔者想循此思路而充实之，略谓：不管什么时候，发展经济，不能有'财'而违法而无德。笔者认为'经济、法律、道德三者，应予以并重、并举。再者，画家丰之恺写过一文，其题旨为"圆满的人格犹如一个鼎"；古书《管子》曰："国有四维：礼、义、廉、耻。"据此"人格如鼎"之喻和"国之四维"之论，关于经济、法律、道德应予并重的浅见，又可作如下表达：经济、法律、道德三者犹如"鼎之三足"，宜并重而不可偏重。

最后，笔者将上文的中心意思简缩成拙诗一首，其题为《鼎三足》。

鼎三足

四化大业头绪繁，
足食容易知方难。
不佞勤思得浅识，
祈君留意秉笔谈。
经济腾飞万象新，

楼高物阜信义矮[1]。

崇法直须刑罚当[2]，

正气上扬邪风衰。

重德尤应润素质，

民勇且仁教化开。

如鼎三足“经、法、德”，

并举不偏治平来。

1995年3月作

1 信义矮：喻市场经济引发人们贪欲逐利而丢弃信义。

2 刑罚当：此谓凡当刑罚者，皆不使逍遥法外，并且加刑得当，施罚无误。

关于民族自省与健全思维问题

关于民族根性问题，至今仍有论者反复提出；而对民族劣根性之论议，又总是难以被人们认同。难道这真是一个解不开的谜团吗？其实关于民族劣根性之说，不过是一个民族自省问题。认同民族自省，正是一个民族雄强的表现；如果偏重“自信”而嫌恶“自省”，反而是一个民族底气不足的反映。所以，笔者提出：无偏重“自信”而嫌恶“自省”。（此命题得之于荀子一段妙论的启示。兹略述其源：《荀子·议兵篇》中有两句深刻的话：“无欲将而恶废，无急胜而忘败。”语中这个“废”，是讲失败了以后被贬值，叫“废”。“恶废”，指有些人对凡是讨厌的事情就不去想它。“无欲将而恶废”一句，是谓：你不要急着有机会去做事，因而就非常厌恶被排斥、被贬值。至于“无急胜而忘败”一句，是谓：不要急于求胜，忘记了胜的后面隐藏了失败的契机。荀子关于“恶废”和“忘败”两个断语给人启迪良多，笔者由此顿悟而觅得这样的语句：无偏重“自信”而嫌恶“自省”——即不要过于看重、强调民族自信心而厌恶、轻忽必要的民族“自省”。）

虽然民族自省问题仿佛是一个不可消解的症结，然而我们认为，其所以成为症结，诚然是人们在认识的环节上，存在着一个思维健全与否的问题。关于民族自省的实现与健全思维两者的关系问题，其实就是一个目标（目的）与路径（方法）的关系问题。我们需要加以关注的是：无偏重“自信”而嫌恶“自省”（这一命题的主旨，是谓：既要有民族自信心又要作民族自我反省），是一个不可视作等闲的重大目标；而到达这一目标的路径，则是：正视“两面”，健全思维。

毛泽东指出：“世界上一切事物无不具有两重性”，这一精辟论断，极有益于我们去把握充满矛盾现象的事物。

柏杨有言：“中国传统文化中有一种滤过性病毒”，“中国人的窝里斗，是中国人的劣根性。”当今又有论者认为：“在这种意义上，说中国文化特征是‘专制’、‘泛政治化’、‘停滞不前’、‘无内聚力’虽然难听，但都是有一定道理的。……我们现在的工作，主要还是应该查自己的短处、听别人的批评”（1996年第1期《读书》，《另一类看法》）。对所有这些“另一类看法”，人们大可不必厌烦之、讨伐之；这一类看法，不过是事物“两重性”之中的“一重”意思。

同世界上一切事物无不具有两重性一样，中国传统文化也有两重性。中国传统文化、中国人同时具备“美的、善的”与“丑的、恶的”两个方面；而因袭着华夏传统文化的中国人既是伟大的、勇敢的、利他的，又是丑陋的、卑怯的、自私的。这样既褒扬又贬斥中国传统文化与中国人，这样表述中国人的优长与弱点，这绝不是笔者思维矛盾、杂乱的反映，恰恰正是他在考察事物或问题时，具有一种较健全不偏的思维能力的表现。

我们既说中国人是伟大的、勇敢的、利他的，又说中国人是丑陋的、卑怯的、自私的。作为中国人，对后一句这很不中听的话，感情上接受不了，固然是可以理解的。可是人们遇事太情绪化委实是于事无补的。要知道，前一句赞誉中国人，后一句贬斥中国人，两句话所表达的意思，原本是为揭示事物真相之所需。我们有一个令人会心并认同的比照：毛泽东曾断言：帝国主义及一切反动派都是纸老虎、死老虎、豆腐老虎；毛泽东还断言：帝国主义及一切反动派又是真老虎、活老虎、铁老虎。于是，一个命题是：断言帝国主义及一切反动派，既是纸老虎又是真老虎；一个命题是：论说因袭着华夏传统文化的中国人，既是伟大的又是丑陋的。这两个重大命题，当有相通之处：毛泽东那个尽人皆知的论断，乃至理名论，而笔者放胆提出的这一判断，则不应被视作毫无价值的妄谈。

以宏论“既是纸老虎又是真老虎”剖析帝国主义及反动派，这是一项言论；以断语“又是伟大又是丑陋”论说因袭着特定传统文化的中国人，这是又一项言论。这两项言论，诚然都是作为认识主体的人面对着错综复杂事物，能够清醒地正视该事物彼此对立的“两面”，并进行积极健全的思维，然后运用简洁语言对思维成果所作的一种准确表述，——也就是注重以理论思维揭示事物本质的求索者，在认知充满着矛盾现象的复杂事物时，能够全面看待“美与丑”、“善与恶”和“强与弱”、“实与虚”等等事物的对立着的“两极”的各个侧面，并使思维处于活跃而有序、健全而不偏的良好状态，从而最终完成对这一复杂事物的科学而正确的认识，大家不难认识到：人们想要对种种充满矛盾现象的复杂事物作出科学而正确的认识，就需要作为认识主体的人懂得正视“两面”、并善于进行积极健全思维，借以孕育激活认知能力，从而能得以把握诸种事物的本质。关于对帝国主义及反动派的认识，关于对华夏传统文化、对因袭着华夏传统文化的中国人的认识，都无不如此。所以，人们要想认识充满矛盾现象的事物，在认识上、思维上的一个重要条件，要而言之，就是：正视“两面”，健全思维。

关于“又是伟大又是丑陋”之言论，看似放谈不敬，实乃“益于疗疾”。并且有必要指出：这一体现着辩证法思想的断语，绝对不是笔者突发奇想的产物；善于思索的公众此前已简要地归纳出关于中国人（中国文化）“既美且丑”的观点：“中华民族是伟大的民族，讲美丽，美过任何民族；讲丑陋，也丑过任何民族。然而与其歌颂美丽，不如刻画丑陋。”（《丑陋的中国人·不懂幽默》，回旋处）这不是“庶民”所见略同吗！你看，这里的“中华民族既美且丑”之论断，与笔者“中国人又是伟大又是丑陋”之判断，竟是如此相似，如此一致！

在考察问题、分析事物时，既要顾及全面，又要把握重点，这是唯物辩证法所要求的。“与其歌颂美丽，不如刻画丑陋”之论，这显然是不可取的，它犯了颠倒“重点”的错误。只要人们运用“两点论”与“重点论”相结合的唯物辩证法，去剖析我们这个民族的民族根性，大家就会认识到：中华民族“伟大”的一面是首位的、主要的，中华民族“丑陋”的一面是第二位的、次要的。于是，我们可以和盘托出地断言：首先，因袭着华夏传统文化的中国人是伟大的、勇敢的、利他的，这是主要的、第一位的；从这点上，确立我们坚定的民族自信心。其次，因袭着华夏传统文化的中国人又是丑陋的、卑怯的、自私的，这是次要的、第二位的；从这点上，确认我们有进行民族自我反省的必要。

鲁迅曾指出："震旦为国，得失滋不云微。"（"中国文化的优点与缺点都不是微不足道的。"语出《摩罗诗力说》）这就是说，鲁迅早在本世纪初就认识到：中国文化既有极大的优长又有重大的缺失。此后，鲁迅作为新文化革命主将，对中国传统文化的赞誉和肯定，对中国传统文化的抨击与检讨，对中国人民族劣根性的攻击，可以说都是遵循着这一基本认识展开的。他对中国传统文化所作的民族自我批评，对中华民族民族劣根性的自我反省，无疑是为救正、疗治传统文化的重大缺失和深重弊端而作出的英勇努力。鲁迅理性而勇敢地进行民族自我反省，毫不意味着他无视滋润着中华民族成长并足以令人自豪的民族文化之优秀伟大的另一面。华夏民族传统文化既有"优秀伟大"的一面，又有"丑陋劣弱"的另一面；对这一根本特征，作为思想家与爱国者的鲁迅是不会"顾此失彼"的。关于这一点，从他对中国传统文化采取既着力赞誉又猛烈攻击的显明态度，是可以得到确证的。

综上所述，我们认为：中华民族的传统文化，诚然显现着"美与善"和"丑与恶"共生并存这一根本特征。而因袭着华夏传统文化的中国人果然"又是伟大又是丑陋"；此前已有善于思索的公众断言中华民族"既美且丑"；而鲁迅早就认识到"震旦为国，得失滋不云微。"这些见解，可以说都是建立在对复杂事物存在着“两重性”的认识的基础之上的。而对诸种事物之两重性的正确把握，依赖于认识、看待复杂事物时，人们须有一种正确的思维方式——即正视“两面”，健全思维。确认因袭着华夏传统文化的中国人，真个是“伟大而丑陋”的，实在是进行必要的民族自我反省的先决条件。

1996 年 4 月作

传统文化中的纠正思想刍议

在中国传统文化中，蕴藏着丰富而深刻的纠正思想。这一思想文化遗产，对于我们不乏启迪、借鉴意义。

一、纠正思想的含义与纠正的普遍性

“纠正”一词在古代汉语中出现较晚，据《晋书·石鉴传》载：“多所纠正，朝廷惮之。”但是古籍中使用“正、谏、匡”等语词来表示纠正意义的却是更早的事。如：墨子有“义者政也”（政通正）之论议，《论语》有“就有道而正焉”之论说，《周礼》有“保氏掌谏王恶”之记事，《管子》有“上以匡主之过”之正论。在这里，笔者将“义者政也”、“而正焉”与“谏王恶”及“匡主之过”这一类理性认识，索性称之为纠正思想。所谓的纠正思想，其含义是：先哲关于纠正的价值、功用、普遍性及其困难的理论认识。

从墨子著述，不难引出如下认识：所有个人都应该置于被纠正之列，包括天子在内的各级统治者都是纠正的对象。——这就是墨子关于纠正的普遍性的一项认识。墨子曾经一一明确地论说：所有庶人、士、将军大夫、三公诸侯，都“未得次己而为政”。所有这些不同等级的人们，都各有他们相应的纠正者：对于庶人，“有士政之”；对于士，“有将军大夫政之”；对于将军大夫，

"有三公诸侯政之";对于三公诸侯,"有天子政之"。至于天子那一级,同样"未得次己而为政";对于天子,"有天政之"。虽然墨子最后抬出了具有至高权威的"天",但他把包括天子在内的所有个人,都放在被纠正的位置,这实在是不乏光辉的重大认识。

上文归结的墨子关于纠正的普遍性之认识,在《天志上》作了这样明白的论述:"义者政也。……是故庶人竭力从事,未得次己而为政,有士政之;士竭力从事,未得次己而为政,有将军大夫政之;将军大夫竭力从事,未得次己而为政,有三公诸侯政之;三公诸侯竭力听治,未得次己而为政,有天子政之;天子未得次己而为政,有天政之。"

现在说说关于两种纠正的问题。上面所摘引的墨子那一节文字,主要论述了纠正的一种——即君主纠正臣下,或尊长纠正下属。纠正还有另一种。兹列举五则论说:其一,相传尧时曾设鼓于庭,使民击之以进谏,此说有《淮南子·主术训》记述:"故尧置敢谏之鼓。"其二,《周礼·保氏》载:"保氏掌谏王恶。"其三,《墨子·非儒下》说:"务善则美,有过则谏。"其四,《左传·襄公十四年》说:"过则匡之。"其五,《管子·君臣下》道:"上以匡主之过。"这里摘自诸典籍的五则论说,各有其关键词"谏或匡"。据《辞海》释义,"匡":正;纠正。因之"匡"这一语词作纠正讲是很明确的。需要详细解说的是"谏"这一语词。其一,据《中华大字典》释义,"谏":以礼义正之也。其二,据《辞海》释义,"谏":直言规劝,使改正错误。可见"谏"

的目的是使君主或尊长有所改正，“谏”包含着纠正的意义。或者说，古代汉语“谏”这个语词，兼有现代汉语的规劝与纠正两层含义，而又侧重在纠正这一层意义上面。其三，王力《古代汉语》对“谏”的释义，是：封建时代用言语纠正君父或尊长的过失叫做谏。王力的释义最为准确鲜明。由上述五则例证可知：另一种纠正是指：臣下纠正君主，或下属纠正尊长。墨子主张由天来纠正天子，这是应加以批判的“天命论”。但他分明将天子置于被纠正之列，这是可取的；他并主张：由天来纠正天子还有所不足，须要由臣下来纠正天子作为补充。

综上所述，纠正有两种：一种纠正——是君主纠正臣下，或尊长纠正下属；另一种纠正——是臣下纠正君主，或下属纠正尊长。简言之，纠正有两种，即上对下的纠正与下对上的纠正。既然纠正有两种，也就有了广狭两义的纠正。广义的纠正，包括上对下的纠正与下对上的纠正，——这广义的纠正，又是先哲关于纠正的普遍性的另一内涵。狭义的纠正，则指上对下的纠正，或下对上的纠正。

二、纠正的价值与功用

孔子说纠正之事关系到仁，墨子说纠正是义，因之孔墨认定：纠正具有很不寻常的价值。

《论语》一书，多有关于纠正思想的论述。《宪问篇》记载：子路问事君，子曰：“勿欺也，而犯之。”（犯：此处释为规劝、纠正。）《子张篇》载：子夏曰：“君子……信而后谏。”《微子篇》记载：（纣王不听规劝，）微子去之，箕子为之奴，比干谏而死。

孔子曰："殷有三仁焉！"孔子心目中的"仁"是一种很高的境界，他感叹自己未曾见到仁人。而他嘉许"谏而死"的比干为仁人，认为纠正（进谏）是关系到仁的大事，可见他对纠正的看重。墨子认为纠正具有普遍性，所有个人都是纠正的对象，君主有过失臣下要加以纠正（规谏）；他断言"义者政也"，认为能施行纠正才合乎义。由此可知，孔墨认为，纠正一事是关系到仁与义的重大问题，其价值不同寻常。

《管子·君臣下》妙语连珠，识见不凡。如作者直截指说"君人者有大过"，毫不为尊者作掩饰。然后以此为出发点，概括地论说忠臣的行为，应"能据法而不阿，上以匡主之过，下以振民之病"；鲜明地论说治天下的要着在于："……此五者，兴德、匡过、存国、定民之道也。"尤为难得的是，作者的论说把"匡过"（即纠正君主的过失）与兴德、存国、定民诸重大事项相并列。仅此数则论说，就清晰地指明了纠正是关系着法制与治国安邦的大事。

《战国策》与《国语》中的两篇散文，跟《君臣》篇的观点有异曲同工之妙。《邹忌讽齐王纳谏》，述齐王善于纳谏，从而使齐国臻于大治，取得了所谓"战胜于朝廷"的奇效。另篇《召公谏厉王弭谤》，言厉王拒绝纳谏，以高压手段消除谤言，因而引起国人暴动，终于招致"流王于彘"的下场。这两篇散文，从正反两个方面，说明居上位者能否接纳谏言并施行纠正是关系到国运盛衰的大事。简言之，两篇散文的主旨，在于说明纠正是关系国运的治国之道。

《晏子春秋》记载：晏子向齐景公进谏，说："臣闻问道者更正……今君税敛重，故民心离；市买悖，故商旅绝；玩好充，故家货殚。积邪在于上，蓄怨藏于民，嗜欲备于侧，毁非满于国，而公不图……”景公认为这些谏言说得很对，于是下令不使用珍奇玩好之物，不干预市场正常买卖，宫室不加雕饰，土木建筑终止，停征劳役，减轻赋税。《晏子春秋》所记上述史实，说明这样一个问题：晏子有德有识，所以敢于纠正，直言“求教者是为了改正过失”；景公愿为治平之君，所以欣然纳谏，并施行各项纠正举措。君臣这样做的结果，使齐国出现了“上下行之，而百姓相亲”的局面。——由此可见，“百姓和睦相亲”是晏子敢于纠正，景公接纳谏言并施行纠正措施的直接结果。

笔者在上文通过梳理并分析先哲诸多论述而归结到：先哲认为纠正是关系着仁与义的重大问题，是关系着治国安邦的大事，纠正能增进百姓和睦相亲，简而言之，纠正是一种治国安民的良策。有论者此前曾经断言：“谏与纳谏……历来都是一种治国安邦的良策。”这两个旨意一致的论断，还可更明晰地表述为：臣下敢于纠正，君主接纳纠正，是一种治国良策。

三、进谏之难与传统纠正思想的借鉴

在封建社会，进谏（下对上的纠正）是十分困难的事，有时还会招致危及生命的祸殃。《论语》载：“君子……信而后谏。”这是说进谏的前提在于取得信任，可见进谏是难为之事。《论语》又载：“箕子为之奴，比干谏而死。”《管子》论说：“是以下之人无谏死之忌。”两书都论及了进谏者身危之事。不过《管子》的作者认为，臣下因谏争而致死的祸患可以设法消除。其实旧时人臣死于谏争是常有的事，据统计，我国历代谏官死于谏争的有数百人之多。我国历来有“文死谏”的说法，“文死谏”之说，既说明了进谏之难，又说明了敢于进谏是很值得肯定的事。在长期的封建社会，进谏逐渐形成了多种方式：有顺谏、直谏、讽谏、诤谏、笔谏，乃至死谏、尸谏，等等。进谏方式的多种多样，反映了进谏的困难，也反映了进谏的重大作用。以身许国之臣之所以不计自身生死荣辱而进言献策，是因为进谏确能起到“达聪明、开不讳、救时弊”的作用，进而开创至治盛世。

在封建社会，由于君主喜怒无常，更由于君权至高无上，进谏的困难往往难以克服，臣下因谏争而致死的祸患无法完全消除，因而进谏有着重大作用是一回事，进谏能否发挥其应有作用是另一回事。但是传统纠正思想充盈着弥足珍贵的深广内容，仍然是不争的事实。传统纠正思想关于纠正的普遍性，关于纠正的价值、功用及其困难等等的诸多论述，都是很有深度与力度的理论认识。这些理论认识之值得称道、值得借鉴是毋庸置疑的。

1997年11月作

学习《讲话》，肩负起文艺战士的光荣任务

对于文艺创作的内容和形式问题，这是任何一个论者与作者都应回答与考虑的问题。毋庸置疑，革命的政治思想内容是我们需要的，尽可能完美的艺术形式也是我们需要的。虽然如此，我们往往会天真地认为革命的政治思想内容容易解决，困难的是完美的艺术形式。然而实际情形却是：完美的艺术形式固然不易解决，革命的政治思想内容能不能解决得好，实在是更难更难的事情。

毛泽东同志在《讲话》中说："我们的要求则是政治和艺术的统一，内容和形式的统一，革命的政治内容和尽可能完美的艺术形式的统一。缺乏艺术性的艺术品，无论政治上怎样进步，也是没有力量的。因此，我们既反对政治观点错误的艺术品，也反对只有正确的政治观点而没有艺术力量的所谓'标语口号式'的倾向。"毛泽东同志强调指出："现在更成为问题的，我以为还是在政治方面。"

有些人认为，《讲话》对社会主义文艺的指导意义已经过时了，可是，毛泽东同志在四十年前的这些论断好像是针对今天文艺界

的某些不正常现象说的。当有人偏离社会主义文艺方向去进行“新的”艺术追求的时候，当有人脱离现实生活的肥土沃壤去探索艺术“创新”的时候，文艺作品革命的政治思想内容的决定作用，是多么容易被人忽略，被人弃之不顾啊！

有人在《崛起的诗群——评我国诗歌的现代倾向》（以下简称《诗群》）一文中，对我国的社会现实持有不正确的认识和评价，作者眼睛盯着“民族的痛苦”，耸人听闻地说“人民失去了正常的思维，人性异化几乎达到了人类前所未有的程度”，“在中国这块大地上几乎熄灭了一切人性的火焰”。而“崛起”的诗人们不仅仅“在艺术手法上与西方现代诗歌有相当程度的契合”，他们实际上也同时在某种程度上接受了西方现代派的哲学思想和政治观点。他们诗歌中的伤感情调和灰暗色彩，有些就是这种哲学思想和政治观点的曲折表露。如果崛起的诗人们怀着真诚的愿望致力于新诗从内容到形式的创新，人们自然会予以赞赏和肯定。但是探索和创新是有方向、有前提的，方向就是社会主义，前提就是革命的政治内容。离开了社会主义方向和革命的政治内容去探索，就会走到歧路上去。

《诗群》在如何对待文化传统方面，表现了一种虚无主义的态度：他们否定中华民族文化传统，特别是诗的传统；否定革命文学的传统；否定中国和世界文学的现实主义传统。作者认为，“现代倾向要发展成为我国诗歌的主流”，“严格说，诗歌创作中似乎从来不存在标准的现实主义原则”。这种观点显然是轻率的，没有根据的。

从《诗经》开始的中国文学，从荷马史诗开始的西欧文学，现实主义的优秀传统是一以贯之的。早在本世纪初西方的某些理论家就曾预言，“现实主义”这个术语将从文学词典中消失。但事实恰恰相反，现实主义几经考验，非但没有消失，反而成为一种世界性的不可逆转的浩荡的文学潮流。

《诗群》的作者认为，他们呼唤的现代主义将会取代现实主义。我们认为，西方文学中以歌德、狄更斯等等优秀作家为代表的现实主义创作及其理论，在世界文学中所发挥的积极作用始终证明着它们自身的强大生命力；我国自“五四”开始的革命文学的现实主义传统及以郭沫若、田间、艾青为代表的现实主义诗歌创作，始终和革命的中国人民有着共同的命运并忠实地为之服务的。

《诗群》的作者所发的某些惊人之语，不但与社会主义文艺理论工作者应有的思想理论修养大相径庭，甚至跟进步的资产阶级文艺家和作家的理论主张和艺术见解相比，也显露出一大截距离。

比如歌德的诗篇《要素》，通过以诗论诗的形式，阐述了一首好诗应该产生“使万民永远振奋欢乐”的积极作用。

要素

一首真正的歌要摄取，
多少要素作为营养，

才能使外行乐于接受，
同时也使大师欣赏？

我们所歌唱的主题，
最要紧的乃是爱情；
诗歌里能够渗透爱情，
它的音调就更加动听。

其次要响着杯盏之声，
要闪着红玉般的酒光：
我们常用最美的花环
邀请情侣和酒客光降。

此外还需要武器之声，
也要吹奏嘹亮的喇叭；
一待幸运的火焰燃烧，
让英雄在胜利中神化。

最后，不可缺少的乃是
诗人要有一些憎恨；
凡是不可忍受的、丑恶的，
不让它和美好的并存。

诗人能懂得这四种

原动力的元素混合，

他就会像哈菲兹一样，

使万民永远振奋欢乐。

——《歌德抒情诗选》

歌德在上述这首诗中所使用的“爱情”一词，是广义的而不是狭义的概念：这里的“爱情”，就是热爱美好事物的感情。

热爱美好事物，憎恨丑恶的东西，一首好诗应该具有战斗的鼓动的力量，赋予诗以完美的艺术形式，这就是《要素》一诗的基本含义。

由此可知，歌德认为一首好诗应该具备积极的健康明朗的思想内容；在歌德看来，具备“热爱、憎恨、鼓动、完美”诸要素，就能使诗作产生“使万民永远振奋欢乐”的力量。歌德如此精美的现实主义诗论难道不值得我们记取并借鉴吗？

《诗群》的作者企图否定中外现实主义文学的优秀传统，可是“崛起”的诗人们的某些诗作，拿来跟现实主义诗篇相比，其有害性十分明显。让我们默读《豆荚》一诗：

豆花

像婚宴上

小小的白餐巾

飘落着，落着

宣布了

你们神圣的结合

从此

便紧紧相依
在新鲜的梦中
在清浅的呼吸中
孕育着
幻想之子
淡淡的浆汁
凝结着
凝成一个又一个
园形的幼童
像绿星星
串连在一起
爱吧，拥抱吧
当夜还很醇
市场还没醒
蚊虫刚刚沉寂
土地依恋着余温
爱吧
你们将被分离
孩子被剥去
感恩
将变成苦恨
这才是人类
使你们爱的目的

这是一首很有害的诗，其副作用不可低估。这首诗，用豆荚作为爱情和生命的象征，技巧是相当圆熟的。但在诗的最后一节，在诗的点睛之处，所表现的是爱情和生命被劫夺一空，一切都化为乌有。这样，绝望成了这首诗感情的主旋律。

现在，我们可以从两首诗的对照阅读中，两首诗的分析比较中，作出应有的判断。歌德《要素》在诗的结句高昂地诵出“使万民永远振奋欢乐”，而《豆荚》却在最紧要处向读者点明：“你们将被分离，孩子被剥去，感恩，将变成苦恨，这才是人类，使你们爱的目的。”《豆荚》一诗的涣散离心作用就是如此彰明显著。

《诗群》的作者说，现代派青年诗人的主要艺术主张是表现“自我”，说“诗是诗人心灵的历史”，“诗人创造的是自己的世界”，诗人对“自我”以外的一切都持怀疑和否定态度，对过去生活的回答是四个字：“我不相信”。

“我不相信！”《诗群》的作者在对现实的认识上表现了一种绝望的情绪，表现了一种对生活所产生的不信任情绪。如果说在林彪、“四人帮”猖獗时期，有人对那时迷惑不解的难堪的境遇流露出一定的失望情绪，还可以理解的话，那么在三中全会以后，当全国人民决心在党的领导下生机勃勃地扎扎实实地进行四化建设的时候，这种绝望情绪就显得莫名其妙了。而且从哲理上说，相信“绝望”是没有根据的：“绝望是那样的骗人，正如同希望一样。”（系鲁迅引用裴多菲《旅行书简》之第十四封信《致盖雷尼·符利捷什》中的一句话，而在《野草·希望》中译为“绝望之为虚妄，正如希望相同。”）

裴多菲在同封建势力斗争的过程中，他的思想认识迅速得到提高，认识到一切事物都在转化过程中，由原先所感到的“胜利渺茫”，一跃而变为“否定绝望”。裴多菲在那封致友人的《旅行书简》中还写道：“我曾经对你说过，不要只从外表来作判断，若是那样，你就不会获得真理。”

鲁迅在二十年代写《野草·希望》，他之所以引用裴多菲的话，是“因为惊异于青年之消沉，作《希望》。”

裴多菲作为战士诗人的革命生涯和他的革命精神，难道没有值得我们深思和学习的东西吗？生活在今天的理论工作者和艺术作品的创作者，怎么可以不摈弃绝望情绪，而代之以社会主义事业必胜的豪情壮怀呢？

“崛起”的诗人强调要面向内心，表现“自我”。可是问题不在于“自我”能不能表现，而在于诗人所要表现的这个“自我”有着什么样的具体内容。“表现自我”，这并不是一个新问题。早在一九二一年，闻一多就对这方面的问题，作了不少精彩的论述：诗要美，“自我”并不都美；当然，也可以表现美的自我。“自我表现”却把“自我”的一切都当成美的了。

近年来，关于诗歌表现自我问题，论家纷起。孙犁对这一问题作了很好的论述。他说：“诗贵有我，我也是这样主张的。这个我，必须联系人民，联系时代，这也是没有争论的。……诗中有我，但如果把我神化，不断扩张自我意识，以自我为中心，观察一切，判断一切，并且不断神化自己的天才、灵感、胆量，渐渐也就会出现一种很不健康的症状。所写出的诗，也就会变成大言欺人的东西。……从神化他人，转而为神化自我，看来是一种新的探索，新的追求，实际上这是一个连贯的，基于自私观念的，丧失良知的，游离于现实和人民群众之外的，带有悲剧性质的幻灭过程。”

孙犁的话，一针见血地指出了“自我表现”论的错误根源在于一切以我为中心，以我替代一切，神化自我，把我孤立于时代、人民之外，它是以自私观念为核心的极端个人主义在诗歌创作中的表现，无论对于时代，对于国家，对于诗歌创作本身，都是极为有害的。

我们知道，以往发生过的全部历史真实都是一个不以人的意识为转移的客观存在，然而怎样再现那历史真实却因作家对生活的认识与评价各不相同而呈现出优劣不等、珠玉与鱼目有别的复杂现象。

我们满怀喜悦之情诵读了艾青的诗作《在浪尖上》，诗人以人民代言人的胆识，唱出了人民的心声。他丝毫没有回避严峻的现实，写道：

好像不是战争，
却都动用了刀枪，
说的是“触及灵魂”，
却造成了千万人的伤亡；
最残酷的迫害，
最大胆的垄断，
比宗教更荒唐，
比谋杀更阴险。

但是既然文艺的神圣使命在于写出“本质的真实”，那么真正的诗人就不能不写出善与恶，理性与疯狂，光明与黑暗，革命与反革命的激烈搏斗，不能不写出善与光明的胜利，革命与人民的胜利，不能不写出我们可爱的祖国和伟大的人民的希望：

“天安门事件”
是光明与黑暗、
民主与专制、
革命与反革命的白刃战；
“天安门事件”
是最辉煌的诗篇；
是革命与反革命的分水岭；
是中国历史的转折点。
要是有人问：
“‘文化大革命’有什么成果？”
这就是在交付了太多的代价之后：
中国出现了新的一代青年。

我们阅读《在浪尖上》这样动人心魄的诗篇，诗人丝毫没有想要离尘超俗而不得的无可奈何的悲叹，丝毫没有伤感低沉的调子，丝毫没有顾影自怜地抚摸内心创伤的踪影。诗篇有的是奔向新的战斗征程的动员，有的是勇敢地飞翔的呼唤和祝愿——“为人类的幸福而斗争，为四个现代化腾出基地。”

生活在社会主义时代的理论工作者和创作家，应该肩负起时代赋予我们的光荣任务：在文艺理论的阐发中，在诗歌戏剧等各种艺术形式的创作中，卓有成效地传播人类文明史中所发现的积极向上的鼓舞人的先进思想，艺术地成功地展示革命人民通过艰难的、英勇无畏的斗争，最后无可阻遏地走向光辉灿烂的前景的历史过程；理论工作者和文艺战士，应该自觉地为人民服务，为社会主义服务，积极宣传马列主义毛泽东思想，在千百万群众中焕发出昂扬的社会主义激情，消除各种形式的精神污染，消除伤感失望的颓废情调。作为一个社会主义时代的文艺战士，为了肩负起团结人民、教育人民的光荣而艰巨的任务，就要认真学习马列主义理论，学习毛泽东文艺思想。《诗群》所提出的一系列理论主张，“崛起”的诗人们的某些诗作，它们的带有根本性的错误在于偏离了社会主义文艺的方向，在于背离了革命的政治内容，而为了消除这种带有方向性的偏离，为了消除否定革命的政治思想内容的决定作用的错误倾向，唯一正确的途径是学习马列主义理论，学习毛泽东文艺思想。

毛泽东同志在《讲话》中说：“文艺工作者应学习文艺创作，这是对的，但是马克思列宁主义是一切革命者都应该学习的科学，文艺工作者不能是例外。文艺工作者要学习社会，这就是说，要研究社会上的各个阶级，研究它们的相互关系和各自状况，研究它们的面貌和它们的心理。只有把这些弄清楚了，我们的文艺才能有丰富的内容和正确的方向。”

文艺工作者只有遵循毛泽东同志的教导，学习马列主义理论，学习毛泽东文艺思想，学习社会，深入社会，才能肩负起时代和人民赋予我们的光荣任务。

1983年12月作

歌德诗四首讲析

一、歌德的生平与成就

歌德和普希金都是有很高天才的人物。普希金是一个偏才，歌德是一个全才。在皇村学校，普希金非常讨厌数学。有一次上数学课，他被叫到黑板上去演算一道代数题。他胡乱地写了一些公式。“结果怎么样？爱克司等于什么？”教员终于发问了。“等于零。”普希金回答。“……您，普希金，在我这门课上一切结果都是零。您还是坐到自己位子上写诗去吧。”（《俄罗斯作家的故事》）

歌德是德国伟大的诗人和思想家，也是世界上伟大的诗人之一。除诗歌、戏剧、小说之外，在文艺理论、哲学、历史学、造型艺术和自然科学等许多领域，都卓著成就。

歌德（1749~1832）歌德生于一个富裕的市民家庭。父亲是法学博士，当过市参议员。母亲是法兰克福市长的女儿，谈吐幽默，富于幻想，又善于讲故事，对歌德文学兴趣的形成有很大的影响。1765 年，歌德到来比锡大学学习法律。1770 年，歌德转入另一个大学学习。歌德在德国文学史上有很高的地位。德国诗歌，到歌德时代，才发出灿烂的光芒，照进世界文坛。恩格斯曾经指出，歌德生活的时代的德国，“这个时代在政治和社会方面是可耻的，但是在德国文学方面却是伟大的。”因为在当时，德国还没有实现统一，在国内存在着几十个封建割据的小邦，政治和经济都很落后，工商业不发达。歌德时代的德国是个多灾多难的地方，但是在文学方面出现了繁荣兴盛的时期。当时德国文学的伟大成就，在相当程度上是通过歌德的努力而达到的。

1775年秋，歌德应魏玛公爵的邀请，来到魏玛公国，先后任枢密顾问和首相等职。最初十年里，歌德努力实现他的启蒙主义理想：整顿财政，裁减军队，恢复矿山开采，修筑道路，创建剧院。可是这些不利于封建制度的重要改革，往往遭到公爵的反对；歌德尽管委曲求全，仍难实现自己的理想，因而感到极大的内心矛盾和痛苦。这种心情，在作为他这一时期主要成就的抒情诗（如1783年的《游子夜歌》）中曾有所反映。

歌德是一个具有两面性的人物。恩格斯指出，歌德有时非常伟大，有时极为渺小；有时是叛逆的，鄙视世界的天才，有时则是谨小慎微，胸襟狭隘的庸人。这里之所以要提一提这一点，是因为我们平常在看待一些人与事的时候，容易犯好就是绝对的好，坏就是绝对的坏的毛病。

二、歌德诗四首简析

这里选了四首，当然不能说这是歌德诗中最有代表性的诗篇。因为所见有限。歌德的全部诗歌创作，共有二千五百篇以上。另外，由于打印材料的限制，只能选篇幅短的诗，而没有选长的。

（一）守塔人之歌

读诗的时候，有些诗读一遍就感到很不错。有些诗大概要多读几遍，才能体会出好处来。这首《守塔人之歌》就是这样，读第一遍可能感到相当平淡，但是多读几遍，就像吃东西经过细细嚼以后，就感到很有味，值得细细品尝。

这首诗是歌德晚年所作，写于1831年5月。诗题是《守塔人之歌》，意思是守塔人所唱的一个曲子。实际上本诗是歌德本人的一个告白。所谓告白，就是歌德把自己内心的感受与体验抒发出来，告诉大家的意思。它总结了诗人自己的一生，对自己有意义的一生作了美好的抒情。八十多岁的老诗人，像守塔人站在塔楼上一样，观看周围的世界，综览自己的一生，觉得一切都很美满幸福。歌德抒发的是热爱世界、热爱万物、热爱生活的感情。大家知道，一首诗，尤其是一首抒情诗，总会有“我”，但是这个“我”有大有小，就是说“我”可转分为“小我”和“大我”，“大我”就是我们。因而歌德这首诗表现了人们热爱生活、创造生活的重大主题。至于这首诗的艺术形式的突出特点，就是朴素无华。真正好的东西，美的东西是用不着装腔作势的，它往往就在平淡无奇之中表现出深刻的重大的主题。

现在概括地说一下这首诗的内容和意义：

《守塔人之歌》这首诗充满了热爱生活的乐观主义精神。读了这样的诗，使人感到生活是无限的美好，使人充满了朝气蓬勃的精神。我们站在高处，站在楼楼上举目所见，无论是辽阔的远景，也无论是身旁的近景，大至宇宙、月亮和星星，小至一草一木，以及身上所感受到的温和的微风，都是无限美好，舒适。无论是在原野上那些充满生气的动物如麋鹿和羊群，也无论是莽莽的森林，以及充满诗意的青山和长年流动的流水，所有这一切，都是那么生动活泼，欣欣向荣。读了这样的诗，使人产生了崇高的愿望，理解了人应该享受生活的美好，懂得了要进一步为创造美好的生活而去贡献自己的全部力量和智慧。

（二）游子夜歌

一首抒情诗所表现的情绪，是高昂的激越的情调，还是低沉的叹息的压抑的感情，它总是和诗人当时的处境和心情相一致的。歌德这首《游子夜歌》正反映了魏玛时期的矛盾痛苦心情。

这首诗作于1783年的一个夜晚，时歌德34岁，是诗人在一座山的一所山顶别墅的题壁之作。三十年之后，即1813年的某一天，诗人再次登上这座山顶，曾经把壁上的这首题诗的笔迹加深，可见诗人对这首诗的重视。其后，又过了十八年，即1831年的某一天，歌德又登山游览，看到壁上的旧诗，觉得感慨无穷，自言自语地念这首诗的最后一句："稍待，你也安息"，然后擦着泪下山。次年，诗人果然辞别人世。歌德的很多诗都被作曲家谱成曲子。而这首诗被很多有名的作曲家谱成乐曲，据统计，总数有200种以上，可见这首诗在欧洲得到不同一般的欢迎。

这首诗的诗题是《游子夜歌》。夜，有时是美好的，有时是神秘的，有时是寂寞的，有时是凄凉的，等等。游子，指古代出远门的人，因而游子往往是寂寞的，孤单的。李白《送友人》："浮云游子意，落日故人情"，言游子如浮云一样飘忽不定，这个比喻是形象的，准确的。这样说来，这首诗的题目就有浓厚的诗意。

再有一点，欣赏这首诗，要注意这首诗是抒情诗，而不是风景诗。

“群峰，一片沉寂，树梢，微风敛迹”，诗句非常凝练，包含着诗人丰富的思想与感情，诗人痛感保守势力是非常强大的，他感到世界是那样的安静，那样的平静，没有什么力量来打破这种平静，而可悲的是，这种平静与死亡是离得很近的。“林中，栖鸟缄默”，入夜以后，飞鸟停止了鸣叫，这是合于自然规律的，但诗人名为写栖鸟，实际是写人，写自己。人在社会中想改革而受到阻止，想有所为而不能为，就产生了矛盾和痛苦。“稍待，你也安息”，这是深深的叹息，是一种无可奈何的心情。

这首诗写得语言凝练，意境深邃，非常含蓄。一首短短的抒情诗，没有几句，却有着很大的容量。可以注进欣赏者很多自己经验过的东西，和读诗时自己联想到的东西。这首诗在艺术上是高超的、动人的。

（三）跳蚤歌

这首诗写于1773至1774年。本诗是《浮士德》第一部第五场中的插曲。诗篇对当时德国诸侯豢养宠臣作了强烈的讽刺。这首诗以跳蚤来比喻宠臣，贴切、形象，揭示了宠臣的本质：吸血，于人民有害而无益，显示了诗人爱憎分明的感情。

（四）铭感

歌德认为，一首好诗应该具备积极健康的思想内容，一首好诗应该具有战斗的鼓动的力量。《铭感》这首诗思想深刻，诗人在诗中指出：怯弱、恐惧、不安等等，不能使人得到自由发展。读者读了这首诗，使人从中受到极大的鼓舞，从而变得更加坚强起来，对一切非正义的东西，对一切暴力永不屈服，增强战而胜之的信心与决心。

三、关于把四首诗看成是一组诗

上面四首诗通过分析，可以看到：如果把它们联系起来看，可以把四首诗看成是一组诗。这组诗的主题可以说是关于世界，关于人的心灵、态度的。因而这组诗成了一个巨大的深刻的主题。

（一）守塔人之歌：抒发了世界是美好、生动，充满阳光与欢乐的深厚感情，是一首热爱生活的诗。

（二）游子夜歌：这首诗表明，并非普天之下都是一片阳光，世界上存在着苦难，存在着忍受苦难的人们。用一句文雅的话说，世界还很不和谐，人们的心灵有叹息，欲有所为而不能，到处可见忍受着压抑之感的人们。

（三）跳蚤歌：这首诗对世界上为什么存在着苦难，即对“苦难的根由”作了一些透露。世界之所以有苦难，有着心灵的叹息，是因为世界上还到处存在着跳蚤与寄生虫，存在着剥削阶级。诗人对跳蚤——宠臣——剥削阶级表示了强烈的愤怒。

（四）铭感；面对着冷漠、高压、强硬的世界，人们的正确态度是什么？诗人的回答是，要采取坚决的行动，道路需要自己开辟，人类的前进，最宝贵的是坚强与勇气。

1981 年《文学讲座讲稿》节录

附：《歌德诗四首》

附录一：

歌德诗四首

守塔人之歌

我为观看而生，
负着观看的天责，
守着塔楼的岗位，
世界真使我欢喜。

我瞻望远方，
我观看附近，
看到月亮星辰，
看到麋鹿森林。

如此在万物之中，
我看到永恒的装饰，
正如我喜爱万物一样，
我也喜爱我自己。

幸福的眸子，
你们所见过的东西，
不管它是什么，
可总是非常美丽！

守望者之歌

生来为观看，
矢志在守望。
受命居高阁，
宇宙真可乐。

我眺望远方，
我谛视近景。
月亮与星光，
小鹿与幽林。

纷纭万象中，
皆见永恒美。
物既畅我衷，
我亦悦己意。

眼呵你何幸，
凡你所瞻视，
不论逆与顺，
无往而不美！

游子夜歌

群峰

一片沉寂，

树梢

微风敛迹。

林中

栖鸟缄默。

稍待

你也安息。

流浪者之夜歌

一切的峰顶
沉静，
一切的树尖
全不见
丝儿风影。
小鸟们在林间无声。
等着吧：俄顷
你也要安静。

跳蚤歌

古时有一个国王，
身上有只大跳蚤，
把他宠到那么样，
等于自家小宝宝。
于是下令召裁缝，
裁缝立刻来应召，
给他缝了件斗篷，
连裤子也给缝好！
满身是绫罗绸缎，
打扮得好不辉煌。
襟上有飘带缠绊，
还有个十字勋章。
胸前挂上颗大星，
立刻被封作宰相。
个个姐妹和弟兄，
都做大官列朝堂。
宫中男女和老幼，
个个都不堪骚扰，

可怜妃嫔和皇后，
也受他螯受他咬，
而且不敢搓死他，
连痒处也不敢搔。
可是只要他一爬，
我们就把他杀掉。

跳蚤歌

从前有一个国王，
他有一只大跳蚤，
他对它非常宠爱，
比爱子不差分毫。
有一天他宣召裁缝，
裁缝来到了宫里：
“来，给公子量量衣服，
还要给它量一量裤子！”
公子于是穿起了
天鹅绒和丝绸的服装，
衣服上滚着缎带，
还挂着一枚十字章，
它立刻当了大臣，
胸前佩着一颗大星。
它的弟兄也在朝中
做了大臣，掌握权柄。
朝中的百官和贵妇人，
都感到十分苦恼，

就连皇后和宫女，
也受到跳蚤的叮咬，
他们不敢掐死它，
又不敢随便乱搔。
要是有跳蚤来刺我们，
我们立即把它的性命送掉。

铭感

怯弱的思虑，
恐惧的踌躇，
妇人的畏葸，
不安的叹气，
不能转危为安，
不能使你自由。
对一切暴力
能够抵抗到底，
永远不投降，
显示出坚强，
就会召来
天神的助力。

《秋声赋》的新颖主题之厚重价值

《秋声赋》的主题是什么呢？关于本篇主题的见解是仁者见仁，智者见智的。比如，有一种意见认为：《秋声赋》一文，抒写了尘世的人们因为人为之纷乱辛劳，人的形神（身体与精神）日渐衰老的悲感，表现了作者的消极感伤情绪。对于此种意见我们权且存而不论。

我们认为，在以秋为题的大量诗文中，《秋声赋》实在是一篇极有新意的佳作。欧阳修通过《秋声赋》想说明什么呢？我们觉得解读一篇文章，一定要抓准作者用以表达文章精义的点题之句，而此文腹心段的最后一句："念谁为之戕贼，亦何恨乎秋声"就是《秋声赋》的主题所在。联系全文来看，这句话的意思就是：究竟是谁戕害了你呢？不是别人，正是你自己的忧闷和愁苦；既然如此，那又为何要怨恨秋声之悲凉呢？所以，《秋声赋》的立意并非在秋声对自然界万物的摧败，而是着落在人们的自摧自毁上。因而《秋声赋》的难能可贵之处在于：提出不要自摧自毁，不要自我戕害，而要自我珍爱。

这里有一个怎样看待这篇文章的思想内容问题。《秋声赋》是否悲秋呢？通读全文，作者笔下的秋声是悲凉的，这一点在文章的前一部分表现得特别明显。但是文章重点并不在写悲秋，后一部分才是文章所要阐明的主题所在。

作者对本篇主题的阐述，是通过两组对比来实现的：

其一，将无情的草木与有情的人类作对比；

其二，将有声之秋（即自然界的四时之秋）与无声之秋（即人之有害的思虑、情感、心态等）作对比。

作者在《秋声赋》中，正是通过上述两组对比，来突出“无声之秋”——即人们的忧心劳形，人们自己有害的思虑、情感、心态，对人们所产生的影响之大，所造成的戕害之深。众所周知，草木无情而人有情。无情的草木，尚且有时而飘零，更何况是有情的人类呢？“百忧感其心，万事劳其形”，于是人之秋（无声之秋），即紧随人们，时刻与人们为伴的忧心劳形，绝非一时一季之有限时段，其影响实在更深更大更持久。草木飘零是有季节性的，春天一到，它又随之欣欣向荣。而时刻受到外界事物刺激的人们，往往不由自主地“思其力之所不及，忧其智之所不能”，因而比起无情的草木来，他们更容易衰老就是很自然的了。

综上所述，作者在《秋声赋》中通过强烈的对比，说明了无声之秋对人们的戕害之深。由此看来，文章的重点在于提醒人们要自我珍爱。这种不要自寻苦恼，自我戕害的劝诫，是弥足珍贵的。它提醒人们：在生活的挫折面前，要保持乐观、旷达的态度，不要陷入忧虑愁苦之中而不能自拔。

总之，一篇以秋为题的文章，蕴蓄着不要自我戕害，要自我珍爱的宝贵思想，其主题是非常新颖的，其价值是十分厚重而极富正能量的。

1995年《古代文学讲稿》节录

附 录二：关于《钱神论》的两条注释

关于《钱神论》的两条注释

一、《钱神论》选自《全上古三代秦汉三国六朝文》（中华书局 1958 年版）。本文对货币既有揭露嘲讽，又有赞扬肯定。一方面无情抨击当权者爱财如命的丑恶嘴脸，对钱的神通作了辛辣讽刺，如说："钱之所在，危可使安，死可使活。钱之所去，贵可使贱，生可使杀。"另一方面又肯定了货币的积极作用，认为货币所具有的"达穷开塞，振贫济乏"的作用，是作为自然的天无能为力的，如说："天有所短，钱有所长。四时行焉，百物生焉，钱不如天；达穷开塞，振贫济乏，天不如钱。"字里行间，论定天和钱，两者都各有所长，也各有所短，这些观点具有一定的积极的思想意义。作者用游戏文字写经济方面的内容，嘻笑怒骂，夸张讽刺，活泼新颖。

二、鲁褒（生卒年不详）：西晋名士。字元道，南阳（今河南南阳）人。好学多闻而愤世嫉俗，以贫素自甘。元康（西晋惠帝年号）时期政治混乱，豪强士族贪财枉法，鲁褒伤时之贪鄙，著《钱神论》以讽刺时俗，对贪财极欲之流给以严正针砭。《钱神论》写出后，被人们广泛传诵。鲁褒终身隐居不仕，莫知所终。